U0922040

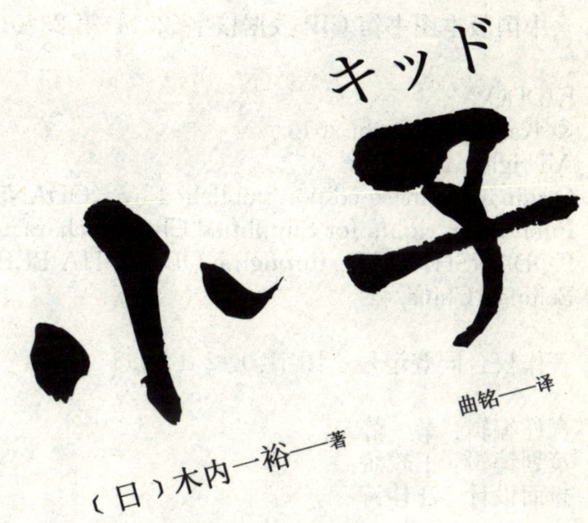

小子

キッド

〔日〕木内一裕——著

曲铭——译

上海文艺出版社

图书在版编目(CIP)数据

小子/(日)木内一裕著;曲铭译.—
上海:上海文艺出版社,2014
ISBN 978-7-5321-5529-3

Ⅰ.①小… Ⅱ.①木… ②曲… Ⅲ.①长篇小说-日
本-现代 Ⅳ.①I313.45

中国版本图书馆 CIP 数据核字(2014)第 237010 号

KIDDO
© Kazuhiro Kiuchi 2010
All rights reserved.
Original Japanese edition published by KODANSHA LTD.
Publication rights for Simplified Chinese character edition arranged with
KODANSHA LTD. through KODANSHA BEIJING CULTURE LTD.
Beijing, China.

著作权合同登记号 图字:09-2014-698

责任编辑:秦 静
策划编辑:王皎娇
封面设计:汪佳诗

小子
〔日〕木内一裕 著
曲 铭 译
上海文艺出版社出版、发行
地址:上海绍兴路 74 号
电子信箱:cslcm@public1.sta.net.cn
网址:www.slcm.com
新华书店经销 山东临沂新华印刷物流集团印刷
开本 890×1240 1/32 印张 7.75 字数 95,000
2015 年 2 月第 1 版 2015 年 2 月第 1 次印刷
ISBN 978-7-5321-5529-3/I·4413 定价:26.00 元

目 录

第一章　埋葬

1

铁铲向右后方抛洒出泥土，紧接着，它的前端又再次深陷入大地，挖起饱满的一铲。此时正是凌晨四点刚过，石川麒一独自一人，似乎并未意识到周围已晨曦初露。他借着额头胶带固定的 LED 头灯那点白光，拼命挖着坑。

“他妈的，我怎么会沦落到这个地步！”

他一边喘着粗气，一边重复着说了几百遍的咒骂。

四月初的大清早，石川麒一为什么会在房总半岛偏僻的原始林中挖大坑呢？看看他身后蓝色塑料膜中包裹着的尸体，就全都明白啦。

可是，那人却并非麒一所杀。尸体是个五十岁左右的男人，他活着的时候，麒一甚至都没见过他。

麒一本以为自己是个二十岁的壮小伙，挖个埋尸体的坑只是小意思，可真正动起手来，他才发现这事相当棘手。地面比想象中硬实，才挖了五分钟，已经气喘如牛，腰也痛了起来。与此同时，被林子里不知名飞虫叮咬的滋味也着实难受。

最糟糕的是，石川忘记带毛巾了。

决定来埋尸体之后，麒一第一时间就去了家附近的购物中心，购置齐全了所能想到的所有必需品：铁铲、手套、塑料膜、尼龙绳、固定式头灯，甚至还买了个侧面有荧光灯的手电筒及备用电池，放在地上就能照亮四周。有了这么多工具，去夜晚的山林里埋个尸体应该是绰绰有余了。另外，考虑到路上也要花时间，这次肯定要熬夜了，他还买了提神口香糖、咖啡四罐、二升装的乌龙茶和矿泉水各二大瓶。可偏偏忘了毛巾。

话说回来，谁也不可能在埋尸体之前，想得到毛巾也是必需品吧？要知道，是去挖坑埋尸啊！

但是，实际操作下来，毛巾还真是必不可少的。绝对的！刚动手挖，身上就汗如雨下。额头的汗水流到眼睛里，T恤瞬间透湿，紧贴在身上。麒一绝望地想：真应该买上一打厚厚的大毛巾！

他返回车上，在车厢和后备箱里搜寻了一番，本来罩在T恤外面的100%人造丝外套，肯定一滴汗也吸不了。想着即使有块擦油污的抹布也聊胜于无，可惜，车上什么也没有。纸巾倒是发现了几包，可粘在身上只会烂糟糟的，还是算了吧。

最后，他只好脱下T恤，用力绞干之后擦了擦汗。布料已经吸收不了多少水分了，麒一感到只是把汗水抹到了全身！

事到如今只能任凭自己大汗淋漓，他简直疯了似的渴望一块干毛巾！要是这荒山野地里，突然出现个卖毛巾的，他愿意出一万日元去买一条！

“唉，我怎么沦落到这步田地！”

麒一心怀绝望，继续挖坑。

沦落到这步田地的起因，还要从一周前说起。

那天半夜三点多，麒一经营的撞球吧（从打杂到老板，就他一个人）所处的大楼突然着火了。麒一正琢磨着怎么有股焦味，就看到窗外蹿起了火苗，客人们都惊叫了起来。

麒一心想常客们倒不要紧，那些从来没见过的新客人，乘机跑了不付钱怎么办？他本想先收了费用再让客人们离开，但事态紧急，万一有人负伤，那可是事关撞球吧存亡的大问题，于是他一分钱也没顾得上收，就把五六组客人送到了出口。

火源地被烧毁了大半，似乎是纵火。麒一的撞球吧受灾程度并不严重，但墙壁烤焦了一半，店内设施全都浸泡在消防水龙喷出的水里，看来不得不歇业一段时间了。

麒一每个月就是靠撞球吧的营业收入在勉强度日，如今真是生死存亡的关头啊。虽然买了火灾保险，但保险金要好几个月之后才能到账，在那之前，总不能置之不管。而且，能拿到多少保险金，他心里也没底。一想到重新装修的费用，他就觉得胃部隐隐作痛。毫无疑问，眼下是他人生中遇到的最大危机。

此时，有个朋友的脸浮现在他脑海中。吉田武彦，中学时代比他高两届的学长。

麒一与他并不是密友，而且这位学长的风评也不太好。初中毕业后，两人也就见过五六次面而已。吉田在一年半以前，也就是麒一继承撞球吧半年左右的时候，曾突然来找过他。

这个撞球吧（其实也就是个打打落袋的小地方），是麒一的外公在四十年前开始经营的。十年前，外公身体不行了，麒一的妈妈就成了老板。还没上小学时，麒一的个子比撞球台还矮，但那时外公已经耐心地教他打桌球了。读初中时，麒一更是把撞球吧当成了家，连饭都在店里吃，而自己的家仅仅就是个睡觉的地方。不过，这样的生活，在妈妈病倒之后也就结束了。

麒一初二那年，妈妈因胰腺癌很快去世了。麒一和年老体弱的外公以及一名雇工，艰难地支撑着撞球吧，他尽了自己的最大力量。

两年前，外公也死了，遗书中指定麒一继承这间店铺，为了顺利地经营下去，麒一委托律师完成了所有手续。

虽然麒一的父亲说："那间破店，又赚不到什么钱，扔了算了！”可麒一却决定继承下来。因为家中的父亲凶暴无情，只有撞球吧满载着和母亲难忘的回忆。

那是高三夏天的事。

麒一经营的撞球吧“HEAVEN”在杉并区高圆寺车站附近，位于一座古老建筑的二楼，周围集中着许多年代古老的店铺。店里一共只有六张台子，因为租金便宜，又有多年以来的老顾客照顾，所以勉强得以维持。

麒一高中没毕业就离开了家。他父亲没有任何表示。麒一租了间便宜的小房子住，骑自行车去撞球吧只需五分钟。从那以后，他就开始了下午两点开店，凌晨五点打烊的生活。

一天，突然有人跟他打招呼：“啊哈，麒一！好久不见啦！”

抬头一看，这人穿着土气的西装，规规矩矩地系着领带，一时麒一想不起有这么个熟人。但仔细观察之后，终于从那两条几乎相连的眉毛和脸颊的痘痕认出了此人：“是吉田君吗？”

麒一几乎不敢相信自己的眼睛。最后一次见到吉田时，他还是个满头黄发的不良少年呢。现在却梳起了颇具销售人员风范的小平头，因打架缺掉的门牙也补上了假牙，任谁也看不出，廉价西装遮盖之下，吉田的双手上文着穿渔网丝袜的大蜥蜴。不过，他自己号称文的是“龙”。

“这就是你小子的店啊？”吉田当时二十岁，看起来却老成得很，他笑眯眯地在店里东张西望：“听说你小子在搞撞球吧，好久没见了，所以来看看你。”

“吉田君，看起来你现在的工作很不错嘛。”

听了麒一的话，吉田从西装内袋里取出名片夹，鞠了个标准的九十度躬：“我是负责销售的吉田，请多关照！”然后挤出一脸坏笑。

名片上印着经常做电视广告的某中等规模装修公司的LOGO。

“那些跟我们差不多大的家伙只会啃老，光顾着玩。除了我以外，居然还有人能自力更生，真让我又惊又喜啊！”

这话怎么听怎么不像是吉田会说的——要知道，他当初曾经把女朋友父亲新买的皇冠车偷偷卖给了黑帮，连行驶证上的名字都没变更！麒一给他倒了杯咖啡，聊了大约半小时后，吉田便告辞回去了。

临走时他说：“你这店也太老啦，要重新装修的话随时找我，肯定给你优惠。”

恭敬不如从命，那就找找吉田看吧。麒一也不认识其他装修公司，如果吉田现在规规矩矩在上班的话，一定能帮得上忙。电话联系之后不久，吉田就带着一大袋子画册和型录跑来了。

“真是飞来横祸啊！”吉田神神秘秘地说。接着，他就开始忙着用手写板记录情况。

“装修费用大概需要多少?”

“嗯，预算要等装修队长来看过之后才能给你，不过按我的经验，估计七七八八加在一起需要三百万日元左右。”

“啊?要那么多?”

“如果只是给烧焦的墙壁刷点涂料就不用这么贵，可新刷的部分和老墙壁会出现色差，那不行吧?护墙板也都旧了，上哪儿去找颜色式样完全一致的呀?也得全部换成新板。”

的确，麒一也不希望店铺墙壁的颜色不统一。

“地板全换成PVC的话能省不少钱。谁也不会凑近了去看天花板，更不会去摸，所以也可以把木板拆了换成便宜的树脂板。但护墙板是个大问题啊。如果换成覆膜板，钉上花布，倒是能节约很多钱，可整体氛围就大不一样了哦!”

是啊，麒一怎么可能接受呢?这个店铺浸染着外公和妈妈的心血，充满了关于他们的回忆，麒一怎么能破坏多年以来的氛围呢?

“你能给我优惠多少呢?”

“我们公司最多给你打个九折吧。”

原价三百万，优惠价也得二百七十万啊。

吉田笑了笑，又接着说:“不过只是打九折的话，你也不必找我了，对吧?这样吧，你给我两三天时间，我想个办法，在确保不破坏整体氛围的前提下，把费用压缩到二百万以下。”

麒一感到吉田真够意思，果然跟以前那个缺了颗门牙的高中生不可同日而语了。

两天后，吉田兴高采烈地出现在麒一面前，手里拿着木材的样品板。

“看看这个，感觉还行吧？”

的确，虽然颜色不如店铺墙面上的老板材那么沉静，但色调非常接近。

“以前我们做过一个公民馆改造项目，那时候的余料都堆在仓库里，虽然所剩不多，但给你这个撞球吧用用足够了。本来也要收正规材料费用的，但这次我找了关系，可以免费给你使用啦。”

麒一不由得握紧了吉田的手，心里很感动。吉田也笑着回握了他一下。

“那什么时候可以开工？”

“啊，这个问题嘛，你急着开张么？”

吉田的脸色似乎阴沉了下来，麒一松开手。

“是啊，越早越好。”

“现在是忙季，我们公司一般是先签约，三个月后再开工。”

“啊？”

“不行吗？”

“绝对不行，能帮帮忙吗？”

“我们公司现在资金链不是太好，所以如果能先支付一半装修费用，也就是一百万左右的话，就能获得优先权。”

“优先权？那样的话几时能开工呢？”

“本周五付款的话，下周一早上开工。”

那就赶紧筹措一百万吧，麒一心想。

“叫吉田出来！”麒一丝毫不掩饰怒气。

“可是，吉田本周休假了。”

接待他的是个四十多岁的男人，名片上印着支店长代理的头衔。

“他说今天早上开工装修的，为此我付了一百万呢！”

“敝公司从未接到过他的申请。”

“行了行了，我可不是把钱支付给他个人的，是付给你们公司的！现在怎么着？我一大早在店门口等工人来，可是等了半天，没有一个人到。给吉田打电话，他也不接。给你们公司打电话，说是什么也不知道！这像话吗？！”

“那你有本公司提供的发票吗？”

“在这里。”

麒一把一张纸片重重地拍在对方面前。这是张从笔记本上撕下的纸，上面用圆珠笔写着：“今收到一百万日元。吉田武彦。”字迹潦草，旁边还有吉田的章。

“纸上并没有我们公司的名字啊？”

支店长代理人面带嘲讽地挥了挥纸片。很明显，他对面前的二十岁小伙子十分蔑视。

“吉田那家伙说，正规发票还没来得及开，合同也没写好，所以暂时用这个代替！我以为是你们公司的潜规则。”

“可是，并没有任何证据表明你说的是真的。”

“那你叫吉田出来啊！”

“我可无法掌控休假职员的私人情况。”

“那你说怎么办？你们要怎样才能开始给我装修？”

“等吉田休假回来之后，我会问他本人，然后给你合适的答复。”

“要是他不再出现了呢？他要是贪污公款跑了呢？说不定他就是为了拖延时间才请了一周的假！你难道不明白，这不是我和吉田之间的事，而是你们公司内部的问题！”

“如果假期结束后他不上班，而且也无法联系到他的话，我们公司内部自然会研究对策。”

“现在还有时间这么拖拖拉拉的么？我把他带来，总可以了吧？”

“哦？你做得到么？”

“别小看我！我去抓他来，到你面前坦白一切，到时候你就再也不能这么推三阻四了！”

"当然当然，事关我们公司的信誉，一定会根据你的要求严肃处理。"

支店长代理人微笑着递过来一张纸，上面是吉田的私人住址。看起来，他们公司也并不想因此事惊动警方。

麒一站起来时用力踢了下椅子，椅子倒下时发出巨响。

"行，你等着瞧吧，做好明天一早给我开工装修的准备!"

离开装修公司之后，麒一首先回到自己的公寓，把接下来似乎派得上用场的所有工具，都扔进了电器店的大纸袋。然后向住在附近小独栋里的房东借了车。这位房东年过六十，以前是做园林生意的，因为曾经瞒着老婆让麒一帮边忙，所以这次很痛快地递过来了汽车钥匙。麒一把吉田的住址输入GPS之后发动了汽车，虽说这辆老款"公爵"已经用了十多年，但性能依然很好。

麒一并不认为吉田会老老实实地躲在家里。他绝不会在骗了钱之后还有如此胆量，可能也并没有去他父母家。麒一只要愿意，马上就能找到吉田父母的住址——只要给吉田同届的学长打个电话就行了。不过，他肯定不会躲在那么好找的地方。

话说回来，骗了区区一百万，也不至于要远走高飞，唯一有可能的，就是躲在女朋友那里了。

麒一认为，吉田的藏身处应该就是他女友的公寓。所以，必须把这个住址搞到手。

他拿出手机，一连打了好几个电话，分别找了两名学长、四名同年级同学和三名学弟。告诉他们，一旦看到吉田，千万不要打草惊蛇，而是先联系麒一，另外，帮忙问问是否有人认识吉田的现任女友。麒一还把吉田现在的外貌体征也描述了一番，估计一小时以内，认识吉田的人中有一大半都会得到通知。

吉田的家在练马关町一座比较干净的公寓里。麒一把车停在附近，抬头看着这座建筑物。吉田的房间号码是二〇二。下车后，走进小区，确认了一下一楼的门牌号码和姓名之后，麒一绕到后院看了看，发现可以借空调外机和雨棚，攀到二楼阳台上去。

麒一返身上车，出发去找了个便利店买了苏打棒冰，回到车里之后，从放在车后座的电器纸袋里取出可以直接接在煤气灶上的便携式燃气瓶和一卷胶带，然后又来到吉田家楼下。

麒一很喜欢家附近的购物中心，一有空就逛，并不是去买需要的东西，而是去买想要的东西，买了之后再考虑如何使用。当他在购物中心看到这个燃气瓶时，立刻放进了购物车，一秒钟也没有犹豫，虽然当时并没想好该怎么用。后来，也仅仅是在买了外带寿司时，用它加热过几次。

绕到公寓后院，确认四周无人之后，他顺着空调外机和雨棚攀爬了上去，很快就跨过了二〇二室的栏杆，站在了阳台上。阳台的铝合金窗当然紧闭着，还上了插销。麒一撕下一小片一小片的胶带，贴在插销四周，围成一个半圆形。然后从口袋里拿出苏打棒冰衔在嘴里，接着拧松燃气瓶口，用打火机打着了火。他调节着瓶口松紧，调出细长的蓝白色火焰，将它对准了胶带围住的玻璃。很快，玻璃被煤气染黑，逐渐显得湿润，不久之后，湿润的部分出现很多小泡，玻璃本身呈现出褐色。麒一关上燃气瓶，把嘴里衔着的苏打棒冰凑到烧焦的玻璃旁边，只听见“咔嚓”一声，玻璃上瞬间出现了无数条细纹。他用苏打棒冰捅破了已经脆弱无比的玻璃窗，在上面开了个刚好能伸进手去的洞，然后拔起插销，打开了窗户，翻身进屋。屋里本来就乱七八糟的，他连鞋子也没脱。

一共只有一个房间，根本没有人。麒一搜寻着信件、电脑、笔记本之类的物品。屋里没有电脑，信件虽然不少，但内容都无关紧要。本以为会有催款单之类的，却一无所获。连笔记本也没找到。但是，搁在老式电视机上的玻璃烟灰缸里放着耳环、戒指和一张手机用的 SD 存储卡。

麒一把 SD 卡放进口袋，正要继续搜索时，手机响了。他以为是谁有了吉田的消息来通知自己，打开电话一看，却是个陌生的号码。

难道是吉田？他赶紧接起电话，对方却一声不吭。麒一等了一会儿，忍不住出声问：“喂，是谁？”

“救……救命！”

纤细的女声。

2

一开始，麒一还以为是对方打错了。但那个清澈的声音依稀有些印象，而且，脑海中浮现出的只有一个人。

“是烟杂店的小姑娘吗？”

“是的……”

对方的声音颤抖着。

“怎么了？你奶奶出什么事了吗？”

“不……不是的，那个……”

“行了，不用说了。你现在在店里吗？”

“是……是的。”

“我马上过去，你等着。”

麒一挂了电话，打开大门离开了吉田家。他奔下楼，钻进“公爵”，马上发动了车辆。

打来电话的，是麒一家附近烟杂店的小姑娘。大概还是初中生。麒一不知道她叫什么名字，几乎没跟她说过话。买烟的时候大多是她奶奶接待，她只是偶尔看看店而已。大约一个月之前，麒一和她们的关系才略略加深。

那天，小姑娘在店里，麒一照例买了三条“七星”，递给她一万日元。就在那时，里面的房间里传来“噗通”的声响，接着就听到老奶奶在喊："好疼！"小姑娘叫着"奶奶"，捏着一万元的纸币就跑了进去。麒一虽然已经拿到烟，但还没拿回找零，只好在原地等着。可左等右等，小姑娘总是不出来，麒一不耐烦了，对着里面喊："喂，没事吧？要紧吗？"

小姑娘终于回来了，她诚惶诚恐地再三鞠躬："对不起，这是找零。"

"没关系，你奶奶没事吧？"

"奶奶想给卫生间的灯换灯泡，就站在椅子上踮起了脚。卫生间的门太窄，椅子没有全部放进去，所以高低不平，奶奶人又胖……"

"椅子倒了，你奶奶摔下来了？"

"是的……"

小姑娘递来千元纸钞的找零。麒一把钱放进皮夹，继续问："你奶奶受伤了吗？"

"奶奶比较胖，我一个人扶不起来……"

"啊？现在还坐在卫生间的地上？真拿你们没办法。"

麒一打开柜台旁边的玻璃门，走了进去。

"我不是坏人，放心吧。"

他从皮夹里取出名片，递给小姑娘，上面印着的头衔是"HEAVEN"的老板，除了店铺的地址和电话，还有他自己的手机号码。

“那我进来喽。”

他脱掉球鞋，迈进了屋里。女孩子似乎不知所措：“啊，可是，太不好意思了……”

麒一走进里屋，经过餐厅和厨房，右边的卫生间门开着，透过倒下的椅子，可以看到老奶奶的身影。椅子脚嵌在门框里，老奶奶坐在椅子背上，所以小姑娘根本搬不动。麒一跪坐在地板上，抓住了椅子的扶手：“奶奶，忍耐一下！”

他把椅子向老奶奶的方向推了推，改变了角度之后，一口气搬了出来。老奶奶哼了一声之后，倒在地上。麒一把椅子放在餐桌边，又走进卫生间，半扶半抱地把老奶奶拖到外面，让她坐在椅子上。

“没受伤吧？”

“没事没事，还好摔得不重。对了，请问你是？”

老奶奶这才看清楚麒一的脸。

“我可是老顾客了。”

麒一说着，又走进卫生间，地上有个新灯泡，外面还包着瓦楞纸，所以没碎。他把座便器的盖子打开，站到马桶边缘，根本不需要踮脚，很轻松地换好了天花板上的灯泡。卫生间立刻充满了光辉。

“谢谢……谢谢。”

小姑娘深深地鞠了个躬。

“我说，你可真不应该让老人家去换什么灯泡。”

“可我个子太矮，怎么踮脚尖也够不到。”

小姑娘小声地嘟囔着，看起来似乎快要哭了，大概也感觉自己有责任吧。

老奶奶说：“一直是我换的，也没出过事，这次不怪她。”

麒一边往外走，边说：“去购物中心买个踏脚台吧，很方便的。”

老奶奶向他致谢：“谢谢你啦！小伙子。你住附近吧？一个人住吗？”

“是啊，就旁边那座公寓楼。”

“下次来我家吃个饭吧。”

“不用客气，我又没做什么。”

麒一回到外面，开始穿球鞋。

小姑娘又深深鞠了个躬：“这次真是太感谢你了。”她已经破涕为笑。

麒一心情也好了起来：“你们家只有女的？”

“是啊，我和姐姐，还有奶奶。”

“是吗？没有男人的话，有些活不方便吧？如果下次有啥活干不了，尽管打我电话，别客气。”麒一站起身，朝小姑娘笑了笑。

“真的吗？那我可要经常打扰你啦。”小姑娘也顽皮地笑了起来。

这是小姑娘打来的第一个电话，她说："救命！"似乎出了什么大事。麒一心想，真有什么大问题的话，应该找警察啊。不过，他实在不能对小女孩的求救置之不理。

他在烟杂店门前喊了几声，无人应答，于是自顾自打开门走了进去。餐厅里没人，他就走向旁边的客厅。突然，他停住了脚步，屏住了呼吸。

大事不妙。

有个男人，面朝下栽倒在脸盆里，里面放满了水，男人的面部完全浸在水里——他肯定不是在挑战屏气记录，因为他的背上插着一把菜刀！很明显，这里就是杀人现场。

房间角落里，老奶奶和小姑娘互相搂抱着坐在地上。麒一站在那里，一动也不能动。他咽了口唾沫。那男人背部左下方，腰部稍微往上的地方，深深地插着一把菜刀，只露出刀柄。麒一心想：看来不叫警察是不行了。

小姑娘抬头看到麒一，哭了出来。她的眼睛已经哭肿。老奶奶还穿着烧饭时候的衣服，也拿袖子捂着眼睛哭了起来。

麒一深深地叹了口气，捡起滚落在地上的水晶烟灰缸，背对尸体坐了下来，点了一根"七星"。

“究竟是怎么回事？”

总之，他能做的只是问问情况而已，然后只能通知警察。无论是谁杀了人，都必须马上自首。

可是，从祖孙两人那里获得信息却颇费周折。两人都有点语无伦次，麒一耐心地听了足足一个小时。死者是老奶奶的儿子，也就是名叫莉绪的小姑娘的亲生父亲，叫做清治。

他离家出走十年了，却突然出现在祖孙二人面前。

老奶奶拿着菜刀吼：“滚出去！”因为清治对于这个家庭来说，就是个瘟神，他的归来，肯定会给孙女带来不幸。老奶奶宁愿自己丢掉性命，也要保护好两个孙女。

清治还在读小学时，老奶奶的丈夫就因车祸身亡，她只好一边经营烟杂店，一边独自抚养儿子。清治初中毕业后，进了家具厂当学徒，当时吃住都在厂里，学得也很认真，他还从自己微薄的生活津贴里拿出一些寄给妈妈，大家都说他是个好儿子。

不久以后，清治结婚并生了长女美里。当女儿五岁时，清治的老婆离家出走了，清治说她是跟别的男人私奔了。老奶奶承担起抚养美里的责任。

美里读初二那年，清治再婚，并以此为契机，创立了自己的工作室。第二年莉绪出生。可是，他的事业却每况愈下，他或许是个好木匠，但却不是个做生意的料。在这样的打击之下，他开始酗酒、到处借钱，还打老婆。

十年前，莉绪三岁。清治打老婆打得太凶，她光着脚逃出家门，清治却不依不饶地追了出去。结果他老婆慌不择路，在车行道上被撞死了。

警察调查时，清治承认打了她，但不承认在后面追她导致了车祸，当时也没有目击证人，只好认为是他老婆精神错乱或是发病导致了自杀。清治无罪获释。不过，美里看到了一切。当时，她担心后母受伤，就跟着清治跑了出去。虽然她没有将实情告诉警察，但却告诉了奶奶。

老奶奶叫清治滚出家门，两个孙女由她负责抚养，并且命令清治不要再出现在她们祖孙面前。清治将家中和店里所有的现金、印章、账簿洗劫一空后，从此销声匿迹。

家中只剩下三名女性，生活一下子困窘了起来。美里已经是高三学生，成绩在全校名列前茅，但却因家境贫困无法读大学。她退学后开始找工作，高中的班主任把她介绍到在日本桥经营吴服老店的亲家那里，很快就上班了。清治欠债累累，她们负担很重。

她们请律师整理了一下债务，发现必须偿还的有八百万日元之多。老奶奶准备卖了房子还债，但美里坚决反对，她说绝不能因为这些债务就放弃自己的家园。她希望奶奶继续经营烟杂店，而自己，除了白天的吴服店工作以外，晚上开始在六本木的夜总会做小姐。

老奶奶觉得美里为这个家牺牲得太多，她简直就是奶奶和妹妹的救星。两年后，美里终于还清了所有的债务，她毫不犹豫地辞去了六本木的兼职。祖孙三人终于过上了安稳的生活。

但是，奶奶一边享受着平稳生活的幸福，一边担心着清治会再度出现。她一想到这个儿子就不寒而栗。可惜，怕什么来什么，清治终于还是回来了。

一进门，清治就跪在地上给她磕头：“妈妈，救救我！我实在被追债的追得没办法了！”

他还保证说：“你放心，真的是最后一次了。你把土地产权证给我！”

看来，这么多年来，他丝毫不知悔改。屋子里充斥着他身上的酒气。

老奶奶举起了菜刀骂道：“滚出去！”

清治大怒，踢倒老奶奶，抢走了菜刀：“产证在哪儿？！”他揪着老奶奶的头发，把她拖向卧室。

莉绪放学回家，听到奶奶在喊“我不知道！”她偷偷看了眼卧室，发现有个不认识的男人正用菜刀对着奶奶，她吓坏了，准备用手机报警，却被清治发现，手机也被抢走了。

“你就是当时那个小鬼？”清治问，“你倒是长大了不少。”莉绪这才知道他是自己的父亲，拼命挣扎着要逃跑。

“放开那孩子！”老奶奶抓起水晶烟灰缸向清治掷去，正中他的肩膀，菜刀也掉在了地上。清治痛得脸都歪了，他狠狠抓住老奶奶的手腕。

“莉绪，快逃！”老奶奶被清治推倒在地，莉绪呆呆地捡起地上的菜刀。

老奶奶想保护莉绪，莉绪也想保护奶奶。当她们反应过来时，清治已经倒在了地上，他发出轻微的痛苦呻吟，却一动也不动。他的背上插着菜刀，莉绪一点也不后悔，只是害怕他会再次站起来。

她还想再多捅几刀，但又害怕拔刀时清治会活过来。莉绪一直盯着清治看，盼他快点咽气，她什么都不怕，就怕他活过来。

老奶奶端着脸盆走进房间，莉绪根本没看到她是什么时候出去的。老奶奶把清治的头抬起来，又把脸盆放在下面，将他的头摁到水里。一开始还有一串气泡浮上来，接着，水面恢复了平静。

死了。莉绪终于松了口气。但紧接着，她浑身颤抖起来。

老奶奶说：“这件事是我一个人做的，明白吗？现在我马上向警察自首，你只要告诉他们，回家时看到的就是死人。懂了吗？”她的话，使莉绪回过神来。

“不要！那姐姐呢？”莉绪大叫，“姐姐要结婚了呀！”

老奶奶叹了口气，双手掩面垂下了头：“我都干了些什么啊！”

莉绪走到奶奶身边，抱着她的肩膀一起哭着。

美里六月就要举行婚礼了，如果奶奶成了杀人犯，她的婚姻肯定告吹。

美里已经二十九岁了。莉绪比她小十五岁，所以她是长姐如母，一直为了这个家而辛苦工作着，如今已经成为大型商场吴服柜台的柜长。两年前，她认识了商场外商部的一个男子并开始交往，一直都很幸福，如今快要结婚了，想必正是幸福的顶峰吧！美里总是为家庭做出牺牲，老奶奶和莉绪都不希望再令她痛苦。

那么该怎么办呢？祖孙两人无计可施，莉绪向神祈祷：请救救我们吧！可神是无法救她们的。那么，求谁来救救自己呢？莉绪权当抓了根救命稻草，直接给麒一打了电话。

明白了。原来如此。真伤脑筋啊。麒一心想：你们全都告诉了我，可我又能有什么办法呢？

他差点脱口而出："我的确说过，有什么活干不了的话，尽管找我。但是，我指的是换个灯泡，搬个东西，修修电视或音响之类的事呀。"

但话到嘴边却变了："既然他已经消失了十年，那么接下来，继续让他人间蒸发吧。"

说完，他深深叹了口气。

3

“奶奶，你有膏药吗？”

“什么？”老奶奶迷惑不解地看着麒一。

“膏药。比方说伸展型的，贴小腿肚子的白色绷带？或是五十五型的？或是大号的邦迪？老年人一般都会备着吧。”

老奶奶仍是一脸迷惑地走了出去。

麒一又对莉绪说：“再拿些毛巾、剪刀和报纸来。”

莉绪从身后的柜子里拿出把剪刀放在麒一面前。

“普通的毛巾行吗？还是要大浴巾？”

“普通的。要扔了也不可惜的那种。”

莉绪点点头，很快拿来了毛巾和报纸。接着，老奶奶也拿来了一只淡蓝色的袋子。

“这个行吗？”

麒一接过袋子，打开密封条，一股强烈的膏药味直冲脑门。袋子上写着“外用药品四十 MG”，大概是医院开的吧。到底是老年人啊。他从中取出一片，发现这是十点一五公分的长方形白色橡皮膏。

莉绪也回来了。麒一走到尸体头边，抓住他的领子，把他的头从脸盆里拎出来，用毛巾擦了擦他的脸，顺便帮他把圆睁的双眼闭上了。虽然隔着毛巾，但尸体的触觉实在不怎么样。麒一拉开脸盆，把尸体的头轻轻地放到地上，然后坐在旁边，用力把清治的衬衣从长裤里拉了出来。由于菜刀一直没拔出来过，所以衬衫上没有多少血。麒一用剪刀剪开了衣襟，这样一来，不需要拔出菜刀，也能将衬衫卷到胸口以上了。菜刀的刀痕一目了然。

如此鲜明的致命伤，令麒一不寒而栗。

他的左手抓着毛巾，用力按住伤口周围，右手握住了菜刀刀柄。一边用毛巾拭去刀身的血迹，一边慢慢从尸首上拔出刀来。清治的心脏早就停止了跳动，所以不用担心伤口喷出血来。菜刀刀刃比想象中长，麒一觉得拔出这把刀颇费了一番周折。接着，他用毛巾按住伤口，把刀放到了一边。然后，他开始剥除膏药的贴膜。

拿开毛巾看了看，伤口没有渗出多少血。麒一把膏药贴到伤口上，这样，无论如何移动尸体，也不会留下血痕了。他又在尸体左侧铺好报纸，把尸体翻过来，让他仰面朝天。好重。他心想，从来没意识到，人的尸体会这么沉重。

尸体面部朝上，老奶奶和莉绪都低下了头。麒一把染血的毛巾盖到尸体脸上，说：“你们受不了的话，就到别的房间去吧。”

但老奶奶和莉绪都不肯走。或许她们虽然明知自己帮不上忙，但却没有理由从杀人现场逃开。

麒一握住尸体的脚腕，令他的膝盖慢慢弯曲，然后又令他的腰部弯曲，最后，膝盖弯到了胸口，麒一把尸体重新翻成侧躺的姿势，让他双手抱膝。

虽然麒一不知道尸体什么时候会开始僵直，但他认为应该尽快缩小体积，以便放到汽车后备箱里去。这样一来，第一步完成了。麒一又看了看尸体背部的膏药，还好，没有掉落。

“你以前干过这事吗？”莉绪充满崇拜地看着麒一，她似乎也意识到了改变尸体姿势的理由。

“怎么可能！你以为我是做什么的啊？”

麒一接着嘱咐她们：“我马上去买些工具，你们俩什么也别想，老老实实在这看电视。”

离开购物中心时，太阳已西沉，麒一立刻返回烟杂店。

他一直在想：自己肯定卷入了危险的事件。为什么我要干这活？这可是彻头彻尾的犯罪行为！卷入了杀人案，成为了同犯！再说了，我自己的生活还一团乱呢！

但是，已经无法回头。唉，我这人大概改不了了！别人有求于自己时，老是打肿脸充胖子，拍着胸脯说：全都交给我！（麒一对自己的个性非常了解）

我算什么？一个连最普通的高中都没毕业的小子而已。没有任何值得夸耀的经历。

我的父母不是富翁，我自己也没啥运动天分，甚至连吵架也不太在行，更别提吸引女孩子了。不过，我一直以来都非常自信。虽然这种自信心毫无根据。自己都不知道为什么如此自信，但这种与生俱来的信心支撑着我走到现在。

我能行！只要交给我，就能把这活儿干得很漂亮！麒一一直有着这样的信心。当别人有求于他时，这种信心就更加膨胀。即使是从未做过的事，他也觉得自己能干好。

如果麒一当初拒绝了老奶奶和莉绪的请求，她们会怎样呢？是去自首，不再为美里的婚姻考虑了吗？她们祖孙三人相依为命，即使老奶奶愿意牺牲自己，但她也绝不愿影响到美里的幸福，那么，她们该怎么办呢？

麒一看着尸体，脑海中浮现出莉绪和奶奶二人碎尸的场景。老奶奶看上去连车也不会开，如果要处理尸首，只好碎尸了事。

她们肯定会瞒着美里，先用毯子把尸体裹着，藏到柜子里，等第二天美里上班之后，莉绪向学校请假，跟奶奶一起在浴室里用菜刀和锯子把尸体分成小块，装进超市购物袋，然后一包一包地扔掉吧——就像电视新闻里放过的那样。

她们根本不知道尸体应该扔在哪里，所以肯定很快就会被发现。即使她们把尸体埋在土里，因为力气小，埋得浅，很快就会被野狗刨出来，警察根据牙齿等信息，查明尸体身份后立刻就会来找老奶奶，她在惊慌失措之下，为了保护孙女，肯定自行招供："都是我一个人做的！要抓就抓我一个人吧！"然后，警察会在冰箱里找到还没来得及扔完的尸体碎片，各媒体将会大肆报道这一少有的恐怖奇案，而美里会受到巨大打击——或许比老奶奶当初自首时更加严重的打击。麒一似乎已经看到了这三人的可悲结局。

让我来吧！我一定能做得滴水不漏！麒一这样想了，也这样做了。

我不光会帮你们开车运走尸体。

以前，看到电视新闻中的碎尸案件，我总是觉得犯人很愚蠢，做这种事肯定很容易暴露，现在轮到我了。我会干得非常漂亮，无懈可击。

麒一的大脑全速运转着，这是他在读书时从未经历过的感受。看看手表，时针已指向八点，要加快速度了。麒一想着，用力踩下油门。

他问莉绪："你姐姐什么时候回来?"美里上班的商场八点关门，估计她九点多能到家吧。

"她一般要到十点多才回家。"

莉绪也在想这个问题。他们必须在姐姐回家前把尸体运走。

"那好，看来时间还很充裕。"

麒一从购物袋中取出塑料膜。盛水的脸盆已经不见了，铺在地上的报纸也收掉了。他在地面上铺开塑料膜，尺寸是一米八乘二米七，包装上写着有三张席子大小。为了以防万一，他买了两张。

他把尸体翻滚着移到塑料膜上，取出从车里拿来的纸袋，从中拿出胶带，一边用塑料膜包裹尸体，一边用胶带固定。一张塑料膜已足够。为了包裹得更有效率，他还试了好几次。

接着，他剪开刚买的尼龙绳，一段一段从上到下地捆扎好塑料膜包裹的尸体，考虑到尸体分量不轻，他捆了三道。为了防止绳子松开，又打了个十字横结——终于，打包完毕。

麒一双手抓紧两道绳索，试着拎了拎。好重！估计在六十公斤以上。虽然重，但麒一还是把它拎了起来。不过，绳子勒进手掌的滋味很不好受，他很快就把尸体放下了。心想幸亏刚才买了手套。

麒一把剩下的绳子、胶带和剪刀都放回电器店的购物袋，用毛巾把染血的菜刀擦干净，包着刀刃放进塑料膜的包装袋，又从购物袋里取出手套戴好，看了看表，此时是八点四十分。

他把两个纸袋都交给莉绪，然后抓紧绳子，用力拎起了包裹，一步一步地走到烟杂店里，喘着粗气把尸体扔到地上。

麒一从莉绪手中拿回袋子，走出烟杂店，玻璃门就那么开着。打开车门，把袋子放到副驾驶座上，一边关门一边留意四周情况。左右两侧有几个行人，这条马路并不热闹，但毕竟是住宅区，再说才九点不到，所以不可能空无一人。看来，现在无法把尸体搬运上车。塑料膜包裹着的重物，怎么看怎么令人生疑啊。

麒一坐到驾驶室里，重新倒车，让车后门尽量靠近烟杂店的玻璃门。然后下车，确认周围无人后，才走进店里。老奶奶和莉绪站在那里，默不作声地看着他。

麒一把重物搬到玻璃门那儿，打开车后门，再用力拎起包裹，一股脑儿塞进车里。然后轻轻关上车门，摘下手套放进牛仔裤口袋里，回头说："我会帮你们解决的，不用担心了。就当做了个噩梦，把这事忘了吧。"

听了他的话，老奶奶跪了下来，双手合十。麒一有点不好意思，赶快离开了烟杂店，钻进车里发动了汽车。从后视镜中可以看见莉绪跑了出来，麒一没有多想，踩下了油门。

4

麒一先回到房东的车库，从借来的"公爵"车后座上，把包裹搬进了后备箱。他可不敢就这么载着巨大的塑料膜包裹四处兜风。等红灯时，旁边车里的人看到后座上的庞然大物会很惊讶；万一碰上查酒驾的警察，也许会好奇地来戳一戳。不希望别人看到的东西，还是藏在后备箱里比较保险。

如今这个世界，想要给包裹换个地方，也不是那么轻而易举的事。不仅要防备行人，还要小心摄像头。到处都有治安摄像头。无论是道路还是室内外，只要是允许任意出入，并且无人看管的场所，就百分之百有摄像头的踪影。为了保险起见，只好躲到车库里了。

麒一也知道自己有点神经过敏。即使车里的塑料包裹真的被拍下来了，也未必有人会无端生疑。不过，他仔细想了想，还是小心为上：塑料布的包裹虽然常见，但很少有人会用绳子里三层外三层地重重捆绑。这样一来，包裹就显得可疑又可怕了，很容易令人联想到凶杀案呢。

当然了，有些人可能会图方便，把建筑垃圾用塑料布包着去扔掉。但对于现在的麒一而言，这东西怎么看怎么危险，实在不希望有人注意到它，所以他决定尽一切努力避人耳目。

房东的车库建在主屋旁边的独立庭院里，是一座预制板结构的建筑，平时是不上锁的。麒一以最快速度把包裹搬到后备箱里，然后又以最快速度发动汽车离开了。在这个节骨眼上，他可不想碰上房东夫妇。

麒一经由环七大道、甲洲街道、幡幡谷，最后上了首都高速。仪表盘上的指针已指向九点。他希望十点前能离开首都区域——因为一超过十点，城市里的酒驾测试就多了起来。他尽可能平稳地驾驶，不显山不露水地融入车流中。

掠过羽田机场之后，进入川崎，上了东京湾高速线。车里有房东的ETC卡，所以不用管收费站。如果房东发现了，就照实支付好了。当然，今晚麒一行驶的线路也会留在记录仪里，但只要这事不暴露，谁也不会管他开车去了哪里。

所谓“不暴露”，其实就是指不让警察知道发生了犯罪案件。比如这件凶杀案，只要尸体不存在，凶杀案本身就不存在。即使有人手持染血的菜刀去自首，即使有人录下了杀人过程，把录像带作为证据提交给警方，只要找不到尸体，杀人案就无法立案。警察也不会出动。因此，麒一驾车飞驰在前往房总半岛的高速上。要想避免警察发现尸体，只有两个办法：毁了它，或藏了它。

麒一根本不知道怎么毁掉尸体。是让动物吃了它？还是用强酸溶解？无论如何，骨头很难彻底毁掉。再说，他也不知道，要想把一具尸体连同骨头完全烧成灰，到底需要多大的火力。或许把它扔到炼铁炉或火山口里，就会整个消失吧。不过，那可不是麒一一人之力能完成的。换句话说，麒一只有一个选择：藏了它。

那么藏到哪里去呢？沉到海底？埋到地下？扔到山里？他能想到的也就这些选择了。

以前麒一曾经在社会新闻节目里看到过，有人把尸体扔到了公寓楼顶的水箱里。结果那里的居民就连续数月饮用着泡过尸体的水。另外，还有人在某座建筑的楼顶广告塔里发现了一堆白骨，那人恐怕死了好几年了。新闻挺有趣的，但隔了几个月或几年，这些死人还是被发现啦。新闻节目本来就注重社会盲点，这些节目似乎警告大家：要想人不知，除非己莫为。

他还读过一本小说，里面提到杀人犯把尸体藏到大楼底部的防空洞里，然后浇筑混凝土封藏起来。要想有证据控告犯人，非得把整座大楼拆了不可。小说写得很有趣，但却不是那么好模仿的。要想把尸体藏进去，必须找不少同犯帮忙，而且，浇筑混凝土这活儿耗时长久，估计到时候为了保密，还得杀几个人灭口。

沉尸海底，风险也很高。以前看过一条新闻，有个医生杀了老婆孩子，把尸体扔进了大海。当时，他也是用塑料布包着尸体，外面还拴了大铁块，然后从岸边悬崖上推进海里。照理说，医生应该是比较有知识的，但他处理掉的尸体，还是在不久以后就被发现，警察很快查明了死者身份，逮捕了那个医生。

若是无法乘船把尸体扔到深海，那么这种做法是很容易暴露的。即使想办法坐船到了深海，尸体也难免不会被渔网勾住，尸体上拴着的铁块等重物也可能被大鱼撞掉，腹中气体发酵后，肯定会浮出海面，最后被海流冲到岸边。可见，这种处理方法很费劲，效果却不佳。

扔到山林里的尸体也时被发现。有时候是一早遛狗的老头儿被嗅觉灵敏的狗儿拽过去；有时候是采野菜的老婆婆偶然发现的。麒一觉得经常看到类似的新闻。他想，这样做的犯人，要么是慌张恐惧，手忙脚乱了，要么就是个很怕麻烦的主儿。他用汽车把尸体运到深山之后，觉得那附近人迹罕至，肯定安全了，就随便扔在路边。或许抛尸现场覆盖着密生林，看起来非常隐蔽，但犯人忘记确认尸体滚落的地方究竟如何：或许那是奔流在山谷间的小河，或许是当地人经常来往的山道。如果是大白天，走下去就能一目了然。但粗心的犯人没有确认，于是他的犯罪事实很快就暴露了。当然了，不是当地人，可能连从哪里走下去都不知道，也怨不得他。

麒一想：一不能太“独特”，二不能太“多事”。

穿过海底隧道，来到海萤停车场。他把车停在三楼，从副驾驶座位上拿起电器店的纸袋，然后坐自动扶梯上了五楼的展望台。

风很大。海面一片漆黑，隐约能看到远方有灯火摇曳。展望台上人很多，几乎都是情侣。麒一想找个清静的地方，于是走向了已打烊的餐馆街。

路边长椅上，还是有一对对的情侣在卿卿我我。谁也不曾注意过他。走到最后面，他伸手在纸袋中用染血的毛巾紧紧扎住那把杀过人的菜刀。回头确认了一下，没有人。然后，他使足全身力气，将菜刀扔向深邃的大海。远远地，海面溅起一点浪花。麒一也不知道这一片海有多深，但他能确定的是：那把菜刀永远地消失了。

接着，继续开车前往木更津。离开海萤停车场后，先要过跨海大桥，车流平稳，离开高速公路后进入馆山国道。然后经由房总高速，穿过君津市。麒一初中二年级时，也就是他妈妈去世前几个月，他不知道在这条路上来回过多少次。

妈妈一生病，他父亲就开始找寻能够全日护理的医院。后来妈妈入住了美誉度日本第一的鸭川市久米田综合医院。当时麒一坐着爸爸驾驶的车，来回奔波在这条路上。

很快到了鸭川收费公路。这时已经不能用房东的ETC卡了，麒一拿出二百日元现金，付了钱。接着，就要踏上颇有些海拔的山路了。

此时正是深夜，两侧山崖耸立，偶尔从悬崖边可以眺望到远方连绵山脉的剪影。麒一至今还记得白天坐着爸爸的车经过这里时看到的美景和受到的震撼。大片大片的山峦，仿佛一座座巨大的盆景，林密草深。山谷令人目眩，浓密的绿荫一望无际，简直令人无法呼吸。视野之内，大约就有数十万棵，哦不，数百万棵大树。当时的麒一甚至怀疑：地球森林日益减少的说法，是否是杜撰？

麒一的父亲年轻时左眼就瞎了，所以叫他帮着注意左边路标。这一带，出现了一些有趣的标记牌：鹿或猴子的画上面写着“小心动物！”以及野猪拱着岩石的画像，写着“小心落石！”。麒一曾亲眼见过一只小鹿，就在路边，从副驾驶窗伸手出去就能碰到，当时大大兴奋了一把。三小时不到的车程，就来到了与城市大相径庭的世外桃源。

而那时，他也突然想到：如果有人不小心从山路滚落下去，可能尸体就永远消失了吧！现在的麒一已经不敢如此断定：毕竟只是从上往下看，谁知道树林下面究竟是什么光景呢?

鸭川道路再往前，一片平坦。穿过田野和种植庄稼的大棚，进入鸭川市。油箱里还有些油，但为了以防万一，还是在加油站加满了。顺便上了卫生间，接着继续赶路。

蜿蜒曲折的小路之后，就一直沿着海岸飞驰，身边弥漫着海潮的气息。经过鸭川海洋世界后，又路过了曾经多次去看望妈妈的那家疗养院。疗养院新建的大楼看起来很气派，仿佛五星级宾馆似的。此时的麒一，顿时有恍如隔世之感——原来，妈妈已经离开他整整六年了。

不久以后，进入小凑地区，景色为之一变——渔港到了。岸边停泊着无数艘渔船，麒一的目的地也越来越近了。

道路越来越细，路边出现了一座诞生寺，说明在古代曾有人做了大官。接着，麒一就逐渐离开了海岸边的道路，向左打满了方向盘。

麒一毫不犹豫地选择了“埋尸”这条路。理由很简单：从不曾听说过有谁偶然发现了埋在地下的尸体。

曾有个新闻说，一些野狗在河岸边，翻掘出埋藏得很浅的尸体。不过麒一认为，那种行为根本算不上“埋尸”——怎么能选择那么容易被人发现的地方呢?

还有些新闻提到，一些因绑架、监禁而接受调查的犯人，受审时招供了杀人案，根据他们的证言，警察从地下挖出了尸体。不过，麒一从不曾记得哪条新闻提到过：埋到深山的尸体，会重见天日。

新闻报道中那些凶杀案的主犯，有很多只是普通人。专业罪犯所犯下的案件，其实很少能被发现。普通人杀人之后，往往无意识地模仿以前在新闻里看到过的处理方法。所以他们就轻率地碎尸、沉尸海底或是抛尸山林。

但得到报道的，都是被警察破掉的案件。对于想要隐藏犯罪证据的人来说，那些新闻都是反面教材。

麒一认为，只有最简单的，才是最有效的。而它还需要一个前提——不曾被人大张旗鼓地报道过。

挖坑深埋。简单有效。唯一要当心的只是挖坑的地点。选对了地方，就成功了一半。而且，这个方法不需要任何特殊技能和知识。

地点要具备两大条件：一是挖坑时不用担心被人看到，二是至少今后五十年内不会被征收开发。

城市里肯定不行，即使是林地或是私有林场，也有可能突然成为开发区，开展起大规模建筑施工。河流两岸也概莫能外。君不见，重型挖掘机已经攻陷了多少河滩，大吊车建起了多少座高楼大厦。

麒一也曾在新闻里看到有个男人在超过时效之后，主动承认杀过人，那人杀死了某校的女老师，把尸体埋在自己床下。三十年后，时效已过，他却站出来自首了。原因是，他居住的地区迎来了开发热潮，担心尸体被发现。为了避免这种风险，这次麒一决定到乡下去埋尸。大自然之中，风险相应降低。

“公爵”在夜晚的山路上缓行，左侧向上，右侧往下。树木茂密，视线不佳。头顶的月光，也因为浓密的树荫而显得非常昏暗。此时如果关掉大灯，肯定会陷入一片漆黑。

在妈妈身体略有好转，取得医生的外出许可之后，麒一曾经跟爸爸一起开车带妈妈来这附近兜风。爸爸当时还迷了路，绕了好多圈。导航失效，手机也打不通，当时虽然是大白天，也有点毛骨悚然之感。麒一还担心永远都找不到回去的路了。

这附近应该没问题。麒一认为，无论把尸体埋在附近哪棵树下，都绝不会被人发现。从上一次跟着爸爸迷路到现在已经过去了六年，但这里没有任何变化，估计再过六十年，也不会有变化。

这里并非远离人烟的深山老林，麒一也不认为自己有那个体力把尸体搬到真正的深山去埋葬。由于这一带森林特别茂密，即使抛尸在离车道不远的地方，也无需担心，可以省去不少搬尸的力气。但也正因为到处都是密林，麒一选址颇为踌躇了一番——反正不着急，离天亮还早。

完工之后，他把车停在渔港防波堤旁，就坐在车里睡了一觉，睁开眼时已是中午十一点左右。麒一点燃一根“七星”，取出一罐微温的咖啡润润喉咙，感受到完成任务的一种满足感。

挖好坑，埋好尸体，天已放亮。麒一趁亮再次确认了四周环境，觉得非常合适：只要自己不说，任谁也无法发现这里。他忍不住得意地笑了起来。然后收拾好所有物品，确保现场没有任何遗留物之后回到车里，返回了渔港的防波堤。

接下来，就在本地鱼料理店里吃个午饭，然后回东京去吧。正想发动汽车，手机响了，打开一看，是学弟阿宣的来电。麒一预感到是关于吉田的线索，顿时兴奋起来。

“我是阿宣上士，已发现恶龙吉田。现正在新宿地下购物街跟踪中。请指示！”

新宿？麒一要想去新宿捉吉田，起码得飞车三小时。真是越急越乱，哪壶不开提哪壶。

“明白！我马上去！给我好好盯着他！”

麒一挂了电话。

5

沿着馆山国道前往木更津途中，手机又响了。

“我是阿宣上士。目标跟丢了。对不起！请指示！”

“辛苦了！请回家吧。”

肯定会这样啦！在新宿，怎么可能盯住跟踪目标整整三小时不丢呢？阿宣能跟踪一个多小时，已经很不容易，这小子真够朋友——而且，他今天肯定很空。

麒一在海萤的料理街找了家餐厅，吃了份蛤蜊比米饭还多的木更津特色定食，又重新出发了。到了川崎之后，碰上了堵车，最后到达新宿时，从出发地小凑算起，足足花了四个半小时。想要先回家一趟，就上了首都高速，这时手机响了。打电话来的是学长阿辉君。

“喂，听说你在找人猿泰山吉田的女朋友？”

“人猿泰山？”

麒一从未听过吉田的这个绰号。

“你不知道？那家伙跟别人的老婆有染，偷情时人家老公回来了，他吓得穿了条裤衩就从八楼窗户跳到隔壁楼去啦！”

“是吗？”

看来吉田这家伙经历还挺丰富的。

“阿辉学长，你知道他女朋友在哪儿吗？”

“不知道，他现在大概没有女朋友吧？”

“为什么？”

“我女朋友认识他的前女友，听说多多子老是抱怨，说吉田分手之后还要缠着她，经常电话骚扰什么的。”

“多多子？好奇怪的名字。吉田有几个女朋友？这个是混血儿吗？”

“是日本人。大概是绰号吧。我只知道她叫多多子，吉田好像很舍不得她，所以估计还没心情泡下一个妞。”

“是叫多多子对吧。你能不能帮我问问你女朋友，是否知道多多子的全名、住址和电话？”

“唉，其实吧，我上星期刚被她甩啦！给她打了好多电话都不肯接，短信也不回。”

麒一只好向学长道了谢，挂了电话。多多子，到底在哪儿呢？

在幡幡谷下了高速，把车停在路边，麒一从牛仔裤口袋里掏出吉田家搜来的SD卡，放进手机卡槽里，打开电话簿菜单，开始读取卡中数据。正如他猜测的那样，卡里是换手机时备份的一些数据，但D行下却没有“多多子”的号码。麒一仔细查阅了所有号码，却连个带D字音的都没找到。

麒一无计可施，只好先回了家。汗水已干，在深蓝色T恤上结成了盐霜，形成片片白斑，磨在身上感觉粗糙而难受。

冲了个澡，心情舒畅不少。麒一拿出番茄汁慢慢吮饮起来。正当他穿着短裤擦头发时，电话又响了。是莉绪打来的。

“怎么了？”

“我……我真是不知道，该怎么感谢你！”

莉绪的声音很小。

“谢？谢什么？”

“您……您帮了我们这么大的忙。”

“唉，我真是听不懂你说什么。你也把那事忘了吧！小姑娘，再见了！”

麒一说完就打算挂电话，但突然又想起了什么。

“对了，多多子这个绰号，你有啥联想么？”

“联想？我不太明白。”

“就是说，这种外号的女孩子大概啥样？”

“哦，她本名是叫圭子吧？”

“啊？为什么？”

“竖着写的两个土呀，土字在日语里不是读‘多’这个音么？你是说叫这个名字的女孩吗？”

“啊，没什么问题了，谢谢啦！”

麒一挂了电话，赶紧又查了一遍电话簿。这次是从头看起，非常仔细。

有了！只有她了！奈村圭子。圭字是两个土，的确可以读成“多多子”。肯定是她！麒一深信不疑。他记下了奈村圭子的地址和电话号码：武藏野市绿町公寓。

麒一穿好T恤，又罩了一件外套，离开了家。他总不能给她直接打电话，劈头盖脸就问吉田在哪儿吧。即使去了她家，吉田百分之百不会在。但眼下没有任何其他线索，只能指望从她那里获得些有用的情报了。

那是一座普通的公寓楼。一楼最里面那间屋子外面挂着“奈村”的名牌。麒一按了门铃，里面很快传来年轻女子的声音：“是谁？”

“哦，您房门前面有大便哦！”

反正只是要骗她开门，这招准管用。

“啊？真的？”

那女子果然飞跑了出来，在地上搜寻了一圈，发现什么也没有，就困惑地看向麒一。

麒一尽最大可能做出非常和蔼的笑脸，问道：“是多多子小姐吗？”

“你是谁？”

宾果！她就是吉田的前女友，没错！多多子嘴里衔着香烟，正眯缝着眼睛，皱着眉头看他。看上去不是个好相处的主儿，但长得还是非常漂亮的。年纪也就二十出头，头发染成茶金色，在脑后扎了个马尾。

“我想跟你问问吉田武彦的事。”

一听这话，多多子眉头皱得更深了。

“那个蠢货的事，别来问我。我已经警告过他，再也不许打电话骚扰我了！”

看到多多子要关门，麒一赶紧冲上去抵住门，肩膀和膝盖好一阵疼痛。

“请，请听我说！”

“是他叫你来的吧？”

“不是啊，他欠我钱，我正伤脑筋找不到他呢！”

“那个人渣做的事，跟我可没有半点关系！”

“我知道你也很烦他，或许我可以帮上忙！”

“帮忙？你能帮我做什么？”

“比方说，保证吉田再也不敢来骚扰你！”

“你做得到？”

“举手之劳而已！”

“是吗？”

多多子似乎陷入了沉思，但紧接着她突然打开了门。

“请进！”

麒一跟着她进了屋。很简单的一室户。虽然很整洁，但却没有哪怕一丁点儿年轻女孩生活的痕迹——既没有粉色也没有嫩黄，既没有迪斯尼玩偶也没有 Kiti 猫。餐桌是黑色的，有着“无印良品”的质感。多多子在桌旁坐下，把香烟头掐灭在烟灰缸里，又给自己点了一支万宝路女烟。

“那种蠢货人渣，我自己可以应付。不过，现在正好有点事需要你帮忙，你愿意吗？”

多多子嘴里叼着香烟，神态慵懒。麒一实在对这样的女人难以产生好感。

“那要看你给我的情报有多高价值了。”

麒一心里产生了不祥的预感：不会又要让我去做什么莫名其妙的事吧？

“好啊，那要不要我给吉田打个电话，叫他出来？”

“你真能做到？”

“他拼了命地想和我复合，如果我给他打电话，肯定屁颠屁颠地跑过来见我。”

“如果真能叫他过来，那真是感激不尽啊。”

麒一感到绝处逢生，差点儿乐坏了。

“不过，你要先帮我做一件事。”多多子笑得十分狡猾。

“究竟是什么事？”

“帮我去要债。”

“啊？去要债？有人欠钱不还？”

麒一觉得很麻烦，详细问了一下，这麻烦似乎还超出想象。

多多子上个月刚从打工的冲绳料理店辞职。据她说老板兼店长是个很小气的男人，老是鸡蛋里挑骨头，她实在受不了了，打工打了三个月，已经到了极限。

上个月最后一天，她丢下一句话："我就做到今天。"然后就回家了。第二个月发工资那天，她去领最后的十一万数千日元工钱时，店长告诉她，由于辞职一事没有提前一个月通知他们，所以要扣下这笔钱当违约金。多多子低声下气了很久，店长却完全不为所动。

她问了朋友，说法律上绝对不允许克扣工资的行为，于是给店长打电话质询，结果，店长态度强硬地说："不给就是不给，这是我们店里的规矩！不服气尽管去找劳动基准监督署，尽管去找律师！"

多多子气炸了肺，却又无可奈何。

"哼！那个秃顶的家伙，整天戴个假发，还把年轻的小三带来店里打工！又跟大堂服务员眉来眼去的，一条大色狼！"

多多子边说边做出厌憎的表情。

麒一掐灭了烟头，站起身来说："我都知道了，那么，走吧！"

多多子抬头诧异地看着他："去哪里？"

"去拿工资啊，这会儿料理店应该还开着吧？"

麒一抬腕看了看表，时针指向下午六点。

"搞突然袭击？不用制定啥作战计划吗？那个店长很可怕的，

可以说是软硬不吃！你真能搞定吗？你看上去也不是啥厉害角色呀。”

“可我不帮你搞定的话，你是不会叫吉田过来的，对不对？那我别无选择喽。”

麒一在玄关处穿好板鞋，先出了门。

“喂喂，我说，你可千万别小看了店长，当心到时候吃不了兜着走！”

多多子一边咕哝着一边跟了出去，要是别人听见她说的话，简直判断不出她是帮麒一还是帮店长。

麒一把车停靠在吉祥寺丸井后面的计时停车场。那家冲绳料理店位于丸井对面的井之头大道，他们先进了旁边的便利店。

收银台旁边的架子上放着很多安全套，麒一取了一盒正方形包装的，直接去付了钱。盒子上没有任何文字或图案，从外表上根本看不出是安全套。

“喂，你买什么啊？”

多多子拽着麒一的胳膊问。可能她觉得收银员会以为他们是寻欢作乐的情侣，有点恼羞成怒。

“哦，没什么，包装纸很可爱吧？”

麒一朝她笑了笑。包装纸是粉红色的，上面画了些红色的心形。

“切，你是傻瓜么？”

多多子轻蔑地看了他一眼。

离开便利店后，麒一叫她在路边等着，然后独自走进冲绳料理店。

店员对他说了声“欢迎光临！”他告诉店员自己不是来吃饭的，而是找店长有事。女店员请他稍等，他看着她进了后堂，门上还贴着“STAFF ONLY”的牌子。过了一会儿，店长跟着女店员走了出来，看到麒一后，就问：“有何贵干？”

店长正如多多子所说，头上戴着浓密而做作的假发，秃顶的中年男人不太懂得打理形象，看上去有点滑稽。店长年纪大约在四十五到五十岁之间，虎背熊腰，皮肤晒得黝黑，左耳戴着耳环，一眼望去就知此人对年轻异性有着不同寻常的浓厚兴趣。

“是奈村圭子让我来的，她在这里一直打工到上个月底。”

一听麒一的话，店长毫不掩饰自己的厌恶：“那进来吧。”

麒一跟着店长走了进去。后堂是间小屋，作为办公室实在是又小又乱。店长在桌旁坐下，也不给麒一让座，就开始絮叨：“小哥，那女人叫你来拿工资的对吧？我可不会付钱。不管法律是咋规定的，我们店有我们自己的规矩！你打算怎么做啊？有本事你就来拿啊？嗯？”

店长相当无礼，打算先发制人：“那女人经常迟到，态度又差，也不知道有啥不顺心的，说辞职就辞职，搞得我们店里轮班都受到影响。我还想问她要赔偿金呢！”

“是吗？我啥也不知道，她只叫我把这个交给你。”

麒一走过去，把安全套放在店长手边。

“这是什么？”店长把它拿起来看了看。

“好像是买给您的耳环，说是很合适。虽然是便宜货，也算心意了。她说一直都想把这个送给你，但总是不好意思。现在要离职了，想对自己有个交代。好了，那我先告辞了。”

麒一转身作势要走。

“啊？啊？为什么她要送我这个？”

身后传来店长颤抖的声音，麒一在门前停下脚步。

“您真的对她的心意一无所知吗？”

“她，她一直很凶的啊。为什么会……”

店长似乎困惑不已——不是因为自己俘获了女孩的心，而是痛恨自己为何没有察觉对方的“爱”。

“她是个感情方面的胆小鬼，一来店上班就紧张，所以老是迟到。再说一紧张连笑也笑不出来，就怕被店长责怪。一看到您就害羞，只好摆出高傲的样子吧。您想想，她这种性格的人，怎么好意思表白呢？”

“可她再怎么也不应该突然辞职啊。”

“那就要问您啦。您是不是做了什么伤害她的事情？她什么都没告诉过我，但我猜也猜得到。”

“哦，难道是那件事？上个月底，她好像听到我跟小……女朋友打电话了。啊，的确不太好啊。”

店长似乎开始自说自话了。

“我什么也不知道，但肯定是您的言行导致她下定决心辞职的！”

“唉，是我不好啊。她长得那么漂亮，又才二十岁，老是皱着眉头多可惜啊！所以我就多说了她几句。”

“她要是听到您的话，准会哭的！”

店长盯着手里的安全套看了半天，又抬头看了看麒一。

“那叫她再来这里打工吧，我完全没意见。”

“不行啊，她已经知道给店里带来很多麻烦了。”

“不要紧，不要紧！我是个心直口快的人，那孩子有时候也太会掩饰自己了嘛！我说，小哥你能不能旁敲侧击地劝劝她？”

店长的好色本性已经暴露无遗。

“那您不会辜负她的一片真心吧？”麒一一本正经地问。

“不会不会，我只是，只是单纯地，完全单纯地想叫她回来继续打工嘛。再说我也在反省以前对她的忽略和伤害。”

“那我跟她说说看吧。不过……”

“怎么了？”

“以前的工钱还没结清吧？怎么好叫她再来？”

麒一刚走出店门，多多子就跑了过来。

“还是不行吧？不过没想到你这么快就被赶出来了。”

多多子叼着香烟，露出轻蔑的笑容。这里可是禁烟道路啊。

“给，他说不用找了。”

麒一把一个信封递给她。

“啊？真的假的？”

多多子惊呼起来，交替看着信封和麒一。

“奈村小姐！”

店长从门里探出头来，满面笑容地举着安全套的小盒子。

多多子一看到他，立刻皱起了眉头：“去死！秃子！”

她的声音吸引了好几个行人的目光。

多多子从麒一手上抢过信封，转身就走。店长的笑容僵在脸上，手上的粉红小盒子也掉到了地上。

麒一追了上去，多多子已经看过了信封，心情相当不错。

她挽住他的胳膊，兴高采烈地问：“你真厉害！怎么干的？”

“别问了，快把吉田叫过来吧。”

正说着，手机响了，他甩开多多子的手，接了电话。

是莉绪。

“又怎么了？”

“现……现在有坏人来我家，很可怕，问我们清治在哪里……”

莉绪的声音在发抖。

6

“那些人什么样？是黑社会么？”

麒一低声问。

“不知道，他们就说清治欠钱不还什么的。”

莉绪也放低了声音。可能她是躲在厨房里打电话的。

“奶奶跟他们说什么都不知道，清治没回来过，但他们还是赖着不走。”

“是借了高利贷吧？这些人很麻烦的，你们报警吧！警察一来，他们很快就会走的。”

麒一正说着，突然想到了什么：“对了，别报警，你先问问他们怎么知道你家的？”

“哦，因为车子一直停在路上，警察联系不到司机，所以就……”

“怪不得呢，明白了。”

看样子，清治把借来的车停在烟杂店旁边了。早上，有居民发现这车子违章乱停，就报了警，警察找不到司机，就查了车主信息，联系了他们吧。那些放高利贷的马上想到清治母亲家就在附近，于是上门找茬了。

事到如今，装糊涂也没用了。老奶奶再怎么声称自己一无所知，声称儿子没有回来，对方还是会不依不饶地对附近停泊的那辆车严加追问。很明显，他们有十足的把握才找上门来的。即使报警驱赶，也不可能彻底解决问题。老奶奶可经不起他们一再的骚扰，说不定一不留神就漏了口风，招致更大的祸患。

“好了，不要报警。你那里有我的名片吧？把名片交给那些黑社会的，让他们来找我。”

“真的？真的可以吗？”

“与其让你们解决，还不如我自己来呢。”

“可是，给您添太多麻烦了。”

“那你干嘛打电话给我呢？”

“……”

“行了，没事的。就照我说的做吧。听好了，你就告诉他们，你爸爸是回来过，跟奶奶闹起来了，我是过路的，看到你们家的情况，就进门把你爸爸带走了。其他事情你一概不知。明白？”

“好的，我明白了。”

“你就说奶奶怕给我添麻烦，所以一直跟他们说啥都不知道。听懂了？”

麒一挂掉了电话。虽然不清楚对方是何方神圣，但车到山前必有路。

“刚才谁的电话？你女友？”

多多子问道。不知不觉，他们已经来到了停车场。

“不是，不相干的人。我先送你回家吧。”

麒一走向自动收费机，多多子却停下了。

“不用送我了。工资也拿到了，我得去血拼一下。你不陪我一起去吗？我想请你吃个饭，表示感谢。”

麒一看了看手表，快七点了。吃个饭也不错，何况还是白吃白喝。反正即使捉到吉田，最早也要明早才能把他带到装修公司去对质。只是，最好在多多子没改变想法之前，先搞定这件事。

“好，那我就不客气了。不过，你最好现在就给吉田打个电话，叫他出来。”

“叫他到哪里来？什么时间？”

“最好是叫他来你家。明天下午一点左右。”

明天埋伏好，抓住吉田，带他到装修公司去对质，然后，这件事就算是解决喽。

“中午不行吧，他要上班的。”

“不会，那家伙请了一个星期假。”

麒一的手机响了。陌生的号码。估计是那些骚扰烟杂店祖孙的黑社会。不接电话说不过去，麒一按下了接听键。

“你好。”

“石川先生？”

声音嘶哑低沉。麒一的直觉告诉他，对方是个惯于威胁别人的家伙。

“是我，你哪位？”

“哦，我想问一下杉野清治的下落。”

“他是谁啊？”

麒一的大脑又一次全速运转起来。怎样才能搞定对方呢？

“别跟我装糊涂。烟杂店的小女孩，把你的名片给我了。”

对方的口气立刻强硬起来。看来是个急性子。

“烟杂店？哦，你是说昨天那个大叔？有什么事吗？”

“说是被你带走了，现在下落不明。我想知道他在哪里，在做什么。”

“啊？我怎么会知道？我只是……”

“你在哪里？见面直接谈吧！”

“啊？我现在在川越。琦玉县川越市。到底出什么事了？你究竟是谁啊？”

“今天你几点回东京？”

对方不肯自报家门。麒一心想，继续捣捣糨糊算了。

“我不认识你，你先自我介绍一下。”

“我叫山田。你几点回东京？”

这个名字普通得不能再普通了，明显是假名。

“山田什么？山田太郎？还是一郎？”

“我叫山田次郎！”

麒一忍不住笑出了声。

“哦，山田次郎先生，我现在忙得很，下次再说吧！”

“臭小子！你敢对我无礼！”

对方声音太响，麒一赶忙挂了电话。他可不愿意被放高利贷的骚扰，何况借钱的又不是自己。

“刚才又是谁？”

多多子问。

“除了吉田，你还有别的麻烦？”

“我的人生就是张茶几，全是杯具啊。”

这的确是麒一的实感。火灾、装修诈骗、抛尸任务。这一个星期真是忙得眼花缭乱。对于刚刚二十岁的毛头小伙子来说，桩桩件件都是沉重的负担。

“你别管我的事了，帮我把吉田约出来吧。”

“怎么说好呢？”

多多子掏出手机。

“你只要发发嗲，随便找个理由，骗他过来就行了。”

麒一担心自己编造的理由会被吉田识破，所以都交给多多子考虑了。

多多子点点头，开始打电话。

“喂，嗯，是我。明天见个面吧。什么？最近怎样？我可烦着呢。啊？那你究竟要不要来见人家嘛？哦，中午一点。当然了。

到我家来。啊？你自己搞定嘛！好好，那就这样。好了，他会来的。”

最后一句是对着麒一说的。

“辛苦了，干得好！”

“明天我不用在场吧？”

“不要紧。那家伙一现身，我就用最快速度解决他。你只管休息。”

“不过我也有点想看看那家伙被活捉的狼狈样，哈哈哈。”

多多子豪爽地大笑起来。真是个妖女啊。麒一心里有点怜悯吉田了。

两人进了停车场附近的意大利简餐厅。这家餐厅的酱汁很出名。

“对了，我还不知道你叫什么名字呢。”

多多子说道。

在餐厅昏暗的灯光下，坐在麒一对面的多多子看起来更添风姿，真是个标致的美人。

“哦，我叫石川麒一。”

“QIYI？怎么写？”

“麒麟啤酒的麒，一番榨的一。”

“啊？麒麟啤酒有汉字？我还以为是片假名呢。”

“正式名称是汉字。”

“哦，你稍微等一下。”

多多子打开手机开始输入，可能是在短信界面上输入“麒麟”，看汉字怎么写。然后她突然大笑起来：“啊哈哈哈哈，是这个字啊！歪歪扭扭的，你真叫这个名字？”

“别啰唆啦，先点菜吧。你喝什么？”

“我喝一番榨。哈哈。”

多多子边说边笑。真是个疯丫头。麒一叫来女侍应生一问，店里只有生啤。于是点了一杯生啤和一杯橙子苏打水。

“你不喝啤酒？”多多子问。

“我要开车的。”

“不要紧，少喝一点吧。”

麒一嫌她啰唆，也不答话，自管自看着墙上的推荐菜单。

“想吃什么就点什么吧。我请客。”

生啤和汽水来了。麒一点了几个菜。

“辛苦你了！”

多多子举起酒杯，麒一跟她碰了碰杯。她一口气喝了半杯生啤，唇边粘着泡沫，直视着麒一说：“麒一君，多谢你了！”

她微笑着，眼神妩媚，麒一不由得心中一荡。

“你为什么跟吉田这种烂人交往啊？”

“我以前是个傻瓜呗。”

多多子能喝又能吃，追加了好多酒菜。一边吃一边不停地吸烟。

“那你为什么又和他分手了呢？”

“因为我后来不那么傻瓜了呗。”

可见吉田虽然巧舌如簧善于欺骗，但好景不长，总是很快就被剥了皮。说不定多多子和麒一都是上当受骗的受害者。因为她曾经和吉田交往过，麒一有意无意地对她产生过防备心，但事到如今，他也明白，多多子完全可以信任。因为立场相同，对她甚至产生了少许好感。当然了，也可能这种好感来自于“灯下看美人，越看越入迷”的效果。

此时麒一电话又响了，是山田次郎的来电。麒一毫不犹豫地掐了电话。好不容易有机会和大美女一起吃个饭，可不想被人扰了兴致。

这顿饭吃了两个小时。结账时麒一到底不好意思，主动要求AA制，但多多子断然拒绝，坚持要自己付。

两人一起走出餐厅。

“那我先走了，多谢款待！这家餐厅的菜真不错。”

多多子叫住了准备离开的麒一。

“对了，我们还能再见面吗？”

“啊？怎么了？”

“如果就这么分别了，不觉得有点可惜吗？”

麒一一时语塞。多多子脸似乎红了。

唉，麒一心想，被美女这么一说，我还真是左右为难。

不过他很快就觉得自己是在自作多情，因为想起了多多子足足喝了五大杯生啤，脸红是酒精的作用。

正在这时，他手机响了。

他暗想：山田次郎还真执著。

低头一看，却并非那人的号码，而是撞球吧所在大厦的女房东打来的。

麒一诧异地按了接听键："你好，我是麒一。"

"大事不好啦！你的撞球吧，又着火啦！"

和多多子分手后，麒一飞车赶回店里，只花了大约十分钟，就到了"HEAVEN"前面的马路。火已经灭了。消防车正在撤退，围观的人群也已经渐渐散去。大厦前面有警察贴的黄色胶带，还有位穿制服的警官站在那里。

麒一看到女房东在那里张望，就停了车，跑了过去。她一看到麒一就喋喋不休起来："幸好发现得早，没影响其他商户，但你的撞球吧已经面目全非啦！我是没有看见，但这次的犯人跟上次不一样，他们跑到你店里，泼上汽油，点了火！是故意的！人为纵火！"

女房东似乎并不怎么同情麒一，语气反而略带责备，认为是麒一给她添了麻烦。

“你是店主吗？”

此时过来一位西装革履的男人。他用大拇指点了点二楼。此人面相不善，看上去并不像个警察。看来真正的警察跟电视剧中的还是不同。

“啊，对，我是店主石川麒一。”

麒一向那位“刑警”走过去，却看到对方古怪地笑着，向自己背后点了点头。

麒一听到身后传来脚步声，回头一看，有三名面相凶恶的大汉正向自己走来。其中一人将一把硬物抵在他背后：“别出声，否则你会后悔的。”

这是山田次郎的声音。

第二章　掘出

1

麒一头上被套了个酒店洗衣袋之类的东西，啥也看不见。那些人强行把他拖走，直到他们取下洗衣袋，麒一才知道自己被带到一间卡拉 ok 厅的小房间里了。

麒一背对着卡拉 ok 的屏幕和机器，坐在一张粗陋的折叠椅上。

对面是一套 U 形沙发，左右两端各坐着两名凶神恶煞似的打手，中间却空着。估计过不多久，真正的 BOSS 即将登场，要跟麒一面对面谈判了。

从他被蒙面带走算起，已经过去了一个小时。其间，四名押解他的黑社会，基本上一言不发，所以麒一完全不知道自己被带到了哪里。而且，从进入这幢建筑物到他被推进小房间为止，一路上既无人声也无乐声，唯一的声音来自几个人的脚步。可以推断，这个地方是家废弃了的卡拉 ok厅。

麒一猜测，这家店的老板很可能因经营不善，资金链吃紧，问高利贷借了钱，最后又还不出，只好人间蒸发了。于是这帮高利贷赶走了其他债权人，独占了大楼。不过，这些推测都是以“山田次郎是放高利贷的黑社会”为前提的。

卡拉 ok 厅的隔音设备都不错，麒一知道，自己再怎么喊破喉咙，也不会有人来搭救。他心生不祥的预感：这帮人为了找到自己，居然可以纵火烧店，真是群无法无天的家伙啊。麒一知道，这次不可能捣捣糨糊就逃出生天了。

唉，早知如此，当初被他们押上车之前就应该拼死挣扎，或许还有一线生机。麒一越想越后悔。当时，火灾现场有警察值勤，他们肯定不敢随便开枪。千钧一发之时只要大喊“救命”，就会惊动警察，自己不至于落到眼下这危险的田地。

可惜，当时自己没能及时反应过来。事实上，一接到“店里起火”的电话，他就已经慌了手脚。等到女房东告诉自己“有人针对你放火”时，更是手足无措了。

那四名大汉围上来时，麒一还以为他们认错了人，等听到山田次郎的声音，他心头一沉：想必这些放高利贷的有点误会了吧，希望能凭三寸不烂之舌说服他们。

麒一后悔地想：当时我真是太糊涂了，居然以为暂时乖乖地听任摆布，不要刺激他们，就能安全脱身！真是个缺乏社会经验的毛头小子啊！

直到上了车，他们抢走了手机，又给麒一头上套了个不透明的袋子之后，他才终于醒悟：误会对方的，是自己啊！这帮搜寻杉野清治的家伙，绝对是吃人不吐骨头的恶魔！

坐在车上，麒一对接下来的命运进行了胆战心惊的想象，越想越害怕。

一开始，麒一并不太紧张。因为得罪对方的不是自己，而是杉野清治这位大叔。虽然他曾惹怒山田次郎，但那只不过是通话时有点不礼貌而已，根本无需自己吓自己。

转念一想，那他们为什么要在店里纵火呢？为什么要绑架自己，还强行往头上套个布袋？他们必定有充分的理由这样做啊。山田次郎那帮家伙，已经猜到杉野清治出了大事，而且这事和麒一有关。

他们迫切需要知道杉野清治的下落。麒一如果捣捣糨糊，说："那个大叔啊？我在烟杂店里看到他的。正在生气呢。所以我把他拉到旁边的公园里，好好劝了一番，然后他似乎想通了。我就跟他分手了，之后的事情全都不知道啦。"山田次郎这样的黑社会，会轻易相信么？如果他们这么好骗，又怎会犯下绑架这样严重的罪行？

麒一的脑筋飞速运转：该怎么办呢？如果老老实实口吐真

言，不是被警察逮捕，就是被这帮家伙杀掉。如果一言不发跟他们杠着，对方肯定会严刑拷打。毫无疑问，眼下真是大难临头了。

即使如此，麒一还是心存希望。他有着与生俱来的自信，在最绝望的时候也还是认为自己能搞定一切：嗯，反正车到山前必有路，兵来将挡水来土掩！

“我能抽支烟吗？”

麒一大声问道。四条大汉的目光都集中到他身上。其中两人面露惊讶，一人表示被雷到了，另一人则怒色渐生。不过，既然没人表示反对，麒一就大模大样地取出烟盒，抽出一根“七星”，点上火开始吞云吐雾。

“你小子，搞搞清楚状况！”山田次郎怒气冲冲。

“啊？我不就是挂了您的电话么，值得这么生气吗？”

山田次郎坐直了身体：“不是为了这个！你小子，就没有一点紧张感吗？”

“唉，您最好夸我有大将风度。对了，有烟灰缸吗？”

四个人面面相觑。山田次郎年约四十，麒一错认为是警察的那个西装革履的家伙大约三十五六，另两个三十上下。

“你们在等人吗？”

麒一话音刚落，房门打开了。

四条大汉立刻站起身来，并低头行礼。

身穿黑色西装的男人走了进来，并坐在了麒一对面的沙发上，问道："很年轻嘛。几岁了？"

他穿的黑色西装不是普通款，而是高领款，就像服部营养学校那位服部幸应先生在电视上穿的一样。

"二十岁。"

"是吗。二十岁就有自己的店，不简单啊。"

高领西装男心不在焉地夸着麒一。

他大约五十多岁，梳着大背头，脑后头发留得比较长，只有鬓角有一点白发。双眼似乎昏昏欲睡，但看人的时候却精光四射。此人绝不简单。他给人的感觉，类似著名建筑师，或是新兴宗教的教父。

山田次郎一伙中的一人，仿佛和高领西装男交替位置似的，走了出去。另外三人坐得笔直，跟刚才的姿势完全不同。麒一心想：原来这就叫紧张感啊。

他心里有点不安，随手把烟头扔在地上，用鞋跟踩灭了它。

"你知道为什么被请到这里来吗？"高领西装男继续提问。

"你们想知道杉野清治的下落。"

高领西装唇边掠过一丝浅笑。

"你说对了一半。"

"那另一半是？"

"我只想听实话。"

“……”

麒一一时语塞。高领西装男盯着他说：“你能保证只说实话吧？”

麒一继续沉默。他觉得不能轻易答应对方。

想了一会儿，麒一回答：“即使我说了实话，你要是不相信，我又能怎么样呢？”

高领西装男又笑了：“你还在做白日梦吧，我可不想看到你拼命编造谎言的样子。如果敢说谎，我这些手下可不是吃素的。说实在的，我也不愿意闻到刺鼻的血腥味。”

山田次郎等三人冷冷地看着麒一。麒一又沉默了。高领西装男口气并不凶恶，但却颇具威胁感。自己骗不了他。这下糟糕了。

“你不想说，我也能理解。如果换成我，也可能暗自发誓绝不松口。但我劝你还是说实话吧。这可是为了你自己。我可以保证，只要你乖乖说真话，就不会让他们伤害你。”

高领西装男的口气简直好像自己无所不知。切，你装什么？明明啥也不知道！

“我还可以保证，不会报警。”

麒一心头一凛。他努力掩饰着情绪，但也没把握真能掩饰好。

“你知道吗。杉野清治最喜欢猫了。”

“啊？”

“他养了两只猫，爱猫成痴，简直就是为猫而生的人。无论他去哪里，都带着那两只猫，根本不在乎周围人的抱怨。这种人，你也见过吧？”

“这个，你到底什么意思？”

麒一心想，爱猫成痴的人，竟然对两个亲生女儿不管不问，太过分了。

“你听不懂吗？他的车停在他老妈开的烟杂店旁边，那两只猫就在车上，饿得够呛！”

“……”

“他怎么可能抛弃最爱的猫，就这么人间蒸发？是不是？”

“你是说我对他做了什么吗？”

高领西装男微笑着看着麒一：“我再告诉你一件事。昨天傍晚五点左右，我手下给他打过电话，他说过一个小时会打回来。但是过了一小时，又过了一小时，一直没有动静。我手下七点半又打给他，这次没人接听了。你对此有何高见？”

“这也很平常嘛。”

五点左右，莉绪还没回家，清治正忙着跟老奶奶要钱呢，怪不得他说过一个小时再回电。七点半时，麒一已经在购物中心买东西了。老奶奶和莉绪按照麒一的吩咐，乖乖待在餐厅里看电视，估计没听到清治手机铃响。

“也可能他当时正好在地下室之类的地方吧。”

麒一继续装糊涂。

高领西装男嘴角的微笑消失了：“你是说，从那以后，他就一直在地下了吗？”

“……”

天，这个人好像什么都知道！麒一不由得佩服起对方来。

“我手下九点多又打了电话，到了十一点多，还是联系不上他，觉得有点不妙，就去查了他手机的 GPS 定位。你知道他在哪里吗？”

麒一无法开口，手指微微颤抖着。

“在千叶啊。他正在千叶，沿着鸭川移动呢。”

“……”

“今天早上，已经追踪不到他的 GPS 信号了。可能是没电了，也可能是到了没信号的地方。”

麒一心里拔凉拔凉的：看来，无路可逃了。

“我叫他们搜了下你的车，现在正在分析 ETC 卡的数据。”

“啊？那车是问人家借的。”

麒一好容易才说出话来。此时此刻，他产生了将计就计的想法。高领西装男并不理睬，继续傲慢地说了下去：“我是叫伪造信用卡的手下在查这张卡。普通市售 IC 卡读卡器没法破解的 ETC，对他们来说是小菜一碟。”

"啊？"

"我跟你打个赌吧。昨晚是不是沿着高速去过房总半岛啊？"

"这个嘛，也说不定去过吧。"

"还有很多有趣的内容哦。我们在后备箱里发现了沾着土的铁铲、头灯、电筒。车厢里有一些没用过的塑料膜，很结实的绳子、绷带、剪刀、用途不明的便携气炉等等。"

麒一心想，我又学了一课，干完活一定要及时收好工具啊！

"小子，我只想问你一件事。"高领西装男直直地盯着麒一，"你到底把杉野清治埋在哪里？"

"……"

门开了。刚才离开房间的那个男人提着便利店的塑料袋走了进来。

他把几瓶五百毫升装乌龙茶放在桌子上，也给麒一面前放了一瓶。

麒一正好嘴巴发干，话都说不出来。

2

麒一咕咚咕咚将乌龙茶一饮而尽。他最后把一大口茶含在嘴里，咕嘟咕嘟漱着口，充分滋润着口腔的每个角落，然后才咽下去。身上似乎有了些力气。

“你那么有把握，为什么不把我交给警察？”他问高领西装男，“那样不是更方便？都不用专门去放火烧我的店了。”

“不不，你可不能误会了我们。你店里着火，跟我们毫无关系。”

高领西装男保持着微笑。麒一哼了一声：“你逼我说真话，可自己倒在说谎！”

这次轮到高领西装男无话可说了。

“小子！说话要注意自己身份！”山田次郎站起来吼道。

高领西装男做了个少安毋躁的手势制止了他的咆哮。山田次郎愤愤地重新坐下。高领西装男手指交叉，似乎在思考着什么问题，但他很快又开口了：“你说得没错。最重要的是要互相坦诚。”他又露出了笑脸。

“我先回答你的问题吧。为什么不把你交给警察呢？那是因为我们根本不信任警察。没有证据的话，警察是不会出动的。而目前，杉野清治被杀一事，根本毫无证据。唯一的事实是他失踪了。而且，他不是什么好人，即使真的死了，会为他伤心的也就是那两只猫了——前提是能设法让猫明白啥叫‘死亡’。”

高领西装男耸耸肩，似乎自我感觉良好，认为自己说得很幽默。麒一配合着笑了笑。高领西装男满意地点点头，继续说了下去：“如果警察了解了我们目前掌握的情况，肯定也会怀疑你，肯定会叫你去录口供。看你这样子，胆量很大，脑子也不笨，估计他们也抓不住你的漏洞。你虽然年轻，却有自己的店铺，是个正常的纳税人，跟无所事事的二流子完全不同。警察不可能为了其他事逮捕你，再说你根本没有杀人动机。”

“对嘛，我根本没有动机，你为什么诬陷我杀人呢?”

“除了你没有其他可能性。对我们来说，证据根本不重要。既然没有其他可能性，那你就肯定是凶手。我就是这么判断的。”

如此老谋深算的高领西装男，到底也没想到烟杂店的老太太和小孙女竟然是凶手。

“还有啊，谁杀了他并不重要，我只想知道杉野清治到底在哪儿?”

啥意思？为什么他那么急于知道死人的下落？

“我们不把你交给警察还有个原因：并不希望你受到法律的制裁。其实我还很同情你呢。想必你也不是存心要谋杀他的，对不对？我非常了解他：一个无赖而已。嗜酒如命，脾气暴躁，明明软弱无能，却又有暴力倾向。跟他根本是无法好好沟通的。他肯定挑衅你了对吧？你比他年轻，又壮实，也不是好欺负的性格，当时忍无可忍了吧？我完全能理解你想干掉他的那种冲动。不过嘛，现在你们这些年轻人啊，有时候下手没什么数，真遗憾。揍他的时候失手了，是吧？等你恢复理智，却发现他已经死翘翘了。这也是桩事故啊。人这种动物，有时候还真脆弱，特不经打。”

只要高领西装男自认为判断准确，烟杂店的老婆婆和莉绪就还安全。麒一决定将错就错。

"您说得对，确实是个意外。"

"我猜得对吧？你当时本想弃尸逃跑，但烟杂店老太和那女孩看着你把他带走的，她们是他的至亲，你知道瞒不住，就把尸体放到后备箱里，又去买了各种工具，然后开车去了千叶。对不对？"

高领西装男自信满满地问道。麒一沉默着。高领西装男认为他默认了，满意地点点头。

"不过有点遗憾的是，你的行为给我们带来了不少麻烦。所以，你必须承担起责任来。"

"什么意思？"

"你得把杉野清治的遗体交给我们。"

"为什么你们非要找到尸体不可啊？"

"当然是因为我们想好好凭吊他啊。"

"您不是说我们要互相坦诚一点吗？"

"我们也有不好公开的秘密啊。"

"保险金吗？"

"什么？"

"您是否给他上了高额保险，而没有尸体就无法进保？莫非就是这么回事？"

“哈哈哈，你还真能猜。”

“你们本来打算把他骗到菲律宾这种地方杀掉的，却被他识破。清治为了逃脱你们的魔掌，才跑到十年没见的老妈家要钱。他准备一拿到钱就跑路的，所以把宠物猫也带上了。而你们为了随时随地找得到他，给了他一个带GPS定位功能的手机。我想，我猜得应该八九不离十吧。”

“哈哈，很有意思。你比我想象的还要聪明，小子，我开始喜欢你了。”

看起来，高领西装男似乎真的很开心。

“你愿意怎么猜，那是你的事。小子，你再好好想想看，无论计划是怎样的，假如给他办理的是合法生命保险，而他又被你谋杀了，我们能有什么罪过呢？最多也就是，为了获得尸体埋藏地点的情报而包庇杀人犯的罪名吧？”

“还有，不小心放了把火……”

“哈哈哈，你好像很开心。”

“哪有，你才开心呢，你们全家都开心！”

“你这么觉得？我可是说了，准备包庇你这个杀人犯哦！”

“找到尸体就放了我吗？尸体被警察发现的话，马上就会立案侦查的！”

“哎哟，原来你在担心这个啊？真是没想到。只要你肯合作，我们也会帮你忙啊。”

“帮我什么忙？”

“我可以跟警察说，昨天晚上见过杉野清治，然后他就不知去向了。这样你不就能脱身了？”

“啊，的确的确，你考虑得真是周详。”

麒一开始拍起了马屁。高领西装男很是得意。

“嘿嘿，不过要确保尸体上没有你留下的痕迹哦！”

“啊，这么说来，难道你们要去把它重新挖出来？包尸体的塑料布上全是我的指纹。”

“哈哈哈，你终于承认了！”

“对啊，不承认还能怎样？事到如今我只能遵命了。”

“这就对了嘛！现在开始要乖乖听话。尸体上的指纹可以处理掉的。是扔掉塑料布还是仔细擦一遍，都悉听尊便吧。首先要把尸体挖出来！”

“话虽如此……”

“怎么了？还有什么不放心的？”

“虽然你再三保证，可我还是害怕啊。万一挖出尸体之后，你还是把我交给警察怎么办？”

其实，麒一想说的是：“挖出尸体之后，大概你们就会把我扔进那个坑里吧！”考虑了一下，他还是选择了别的说法。因为万一真的说中了，不就破坏了对方好不容易建立起来的信任感吗？麒一深知自己的处境非常被动，眼下必须继续扮演“聪明面孔笨肚肠”的无知小子。

“你连我的话都不相信?”高领西装男有点失望。

“挖出尸体之后，你们要去报告保险公司吧？同时交出我这个凶手，不是更有说服力？你们为了避免警察怀疑自己，很可能出卖我啊!”

“我们自有分寸。我可以跟你保证不会那么做，放心吧！再说，把你交给警察的话，你肯定会把今天的谈话内容都告诉他们，还会控告我们放火烧店，绑架你，挖出尸体骗保。这可足够让我头疼的。你明白了吧?”

“你总算承认放火烧了我的店了。”

“现在我们是在推心置腹了啊。”

高领西装男冷笑了一下。麒一暗想：老狐狸，大骗子!

“那谢谢你这么信任我。不过呢，尸体挖出来之后你们肯定很高兴，我却不一定会高兴！店也被你们烧了，走投无路了啊!”

“那家店本来不就烧过的嘛!”

“本来只烧了一半，装修预算就要三百万。现在已经烧光了，所以我已经没办法重新装修营业了啊！你说该怎么办!”

“哦，我知道了。看来的确给你造成了很大困扰。这样吧，我给你一千万作为赔偿，包括了歇业补偿金。怎么样?”

“真的？太谢谢了。那我就没啥好担心的啦!”

麒一满面笑容，憨态可掬。心里却在想：哼哼，你还真大方！看来真是决定要杀我灭口了！

“怎么样，这样一来，我们就算双赢了。”

高领西装男也笑了起来。麒一暗想：去你的双赢！装什么装！嘴里却傻乎乎地问：“双赢是啥意思？”

“就是我们都得到想要的东西呀。”

“哦，跟你聊天真是有收获，又学到东西了。”

“那我们成交了？今天就这样吧。明天一早就出发。我并不是不相信你，不过为了以防万一，你今晚就住在这里吧。我们不绑住你，但会留些人值班放哨。我会叫人拿毯子来，你有啥需要就告诉我的手下。”

高领西装男站起身来，山田次郎等四人也赶紧站得笔直。

“那个，最后我还想问一下。”

麒一对着已经快走到门口的高领西装男说：“那两只猫现在怎么样了？”

高领西装男居高临下地看着他：“没人要，只好放在我家里养了。看来我也很善良啊，对不对？”

“那太好了。”麒一笑了起来。

3

等到半夜三更，放哨的家伙昏昏欲睡了，一定要想办法逃出去！必要时可以对他们饱以老拳！麒一耐心地等待着时机到来。

麒一所在的房间里并没有人，看来老狐狸把打手安置在大楼出口了。这种大楼除了正面的客用出入口，在后面应该还有个货运出口的。

麒一认为每个出口都只会有一个人把守着，因为山田次郎四人帮不可能个个熬夜不睡。再说他们很明显没把麒一放在眼里。肯定是轮班守夜了。麒一认为那四个人都是没经过特训的普通流氓，估计守着出口的时候也会打瞌睡，自己肯定能逃出去。

他环顾四周，想找把趁手的“兵器”，最后拿了两支麦克风当棍子用。金属材质，颇有分量，如果狠狠抽在他们头上，估计一时半会儿是爬不起来的。

麒一用力搬开沉重的屏幕和机台，小心地不发出一点声音，机台背面是几根黑色的电源线和设备线，他把粗线和细线各取了一根，卷了卷放进裤袋里。电线很结实，很好用，可绑可勒。虽然他只是个没啥经验的毛头小子，但也不可小觑。麒一心想：我会让你们好好尝尝啥叫“后悔莫及”。

他把机台重新扶起来放好，看了看表，已经凌晨零点多了。要想逃，最好在凌晨四点多行动。他躺到沙发上，脑海里一直在不停地演习各种战术，想象着应该怎么应对各种突发情况。

睁开眼睛时，已经是早上八点！他大吃一惊，暗自咒骂：你个蠢货！比白痴还白痴！他简直想用裤袋里的电线吊死自己算了！

睡死过去了，一点办法都没有！回忆了一下，前天晚上熬夜挖坑，昨天上午坐在车里小睡了四个小时而已。难怪昨晚一觉睡到大天亮。

算了算了，接下来还有机会。麒一有个优点，就是永不言败，反正那帮家伙在挖出尸体之前，还不敢杀他。麒一决定，即使他们掏枪威胁，也一定找机会逃跑！

他想确认一下房间外面的情况，说不定看守的大汉还在睡觉呢？麒一轻轻打开门，伸头看了看走廊，没想到一眼就看到了山田次郎。

“啊，早上好！我想去卫生间。”

山田次郎一声不吭，只是点了点头。昨晚上厕所时，有个人一直跟到门口，这次却没人跟过来。

上完厕所，顺便洗手洗脸，麒一接着看了看四周，想找点有用的工具。打开小门，发现隔间里只有卷筒纸和洁厕剂。他看着洁厕剂，心头有了主意，但瓶子太大，不好带出去，只好算了。返身走回房间，山田次郎已经在门前恭候。

“啊，我说，还没给我准备好早饭吗？”

麒一问道。山田次郎摆出一副臭脸：“你小子皮真厚！落到我们手里，居然还敢睡得直打呼，还敢问我要早饭吃？！”

“我不是说过自己胆子很大么？呵呵。”

麒一边说边走进房间，坐在沙发上开始抽烟。他想：山田次郎肯定以为我见钱眼开，为了那一千万补偿心花怒放了。在他看来，我就是个后知后觉，不知道自己命不久矣，却为了不可能到手的钱而乐不可支的傻小子。很好很好，他现在把我想得越蠢越好。

有人拿了麦当劳早餐进来：巨无霸、薯条和可乐。麒一吃得很香。饭后一根烟，赛过活神仙。身上也有了力气。充足的睡眠和卡路里，令人自信而积极。

他拿起一支话筒，暗想身上是藏不住这么大的东西的。如果山田次郎发现自己想逃，肯定会很危险。他把话筒头部的网子拆了，里面是保护电子元件的金属板，用手指去抠，根本抠不动。于是用另一支话筒去敲打，结果金属板变形了。又敲了几次，终于敲松了，接着用头部当杠杆，撬了几下，金属板总算被撬下来了。现在麒一手上是一支长五公分，宽二公分，厚度和切纸刀刃差不多的金属片。他继续用话筒柄去敲打，敲直了之后再用力折成两半，虽然声音不小，好在房间是隔音的。麒一反复折着金属片，又敲又打，终于把它掰成了两截。

他把话筒头部装回原处，另一支话筒的头部已经敲烂了。麒一把两支话筒都放回机台，恢复原样。毕竟，山田次郎随时会进来的。

手中两块金属片的断口处有点毛糙，用来切割人的肌肤，应该很方便。万一自己被绑起来，也可以用来割绳子救急。

他把一片藏在裤袋里，另一片藏到鞋底。此时房门开了。

“喂，出发了！”

来人正是送早饭的那个，也是昨晚去买乌龙茶的。可能他地位最低吧。此人个子不高，但很结实，看起来力气不小，满脸横肉，连腮帮子上都是胡子，估计胸毛也很茂密。麒一总觉得他有点像只螃蟹。跟着此人走出楼去，太阳光晃花了麒一的眼睛，天气晴朗。

麒一回头看了下卡拉 ok 厅的招牌：卡拉 ok 天国玛丽莲。很陌生的店名，看起来就快倒闭了。正前方的马路上停着一辆银色锐志，山田次郎和他的一个尖嘴猴腮的手下站在旁边。那个手下中等身材，看起来很凶恶，不过手上力气应该不大。另一个打领带的家伙不见了踪影，可能留在老巢了。

“上车！”

山田打开车后门，催促着。山田次郎是个厉害的角色，身材高大，像是个练家子。长得跟经常演坏人的一个叫不出名字的演员很像。

“那个，我的车呢？”

山田指指卡拉 ok 厅：“停在大楼后面的停车场里，不用担心！”

“那我的东西呢？”

“都搬到这辆车的后备箱里了。”

“全部?”

“只要看起来像是工具的，都搬过来了。”

“那能让我先去把车还了吗？我跟人家说好昨晚就还的。”

“不行，今天把正事做完再去还。”

山田次郎毫不通融。

“借车给我的房东老头可小气啦，要是不早点还车，我怕他会报警啊。”

麒一说谎了。房东其实是个大好人。

“不行，晚上再还。ETC 卡还没拿来呢。”

“啊?那没办法了。你能把手机还我吗?”

“今晚还你。全部搞定之后还你。”

好啊好啊，原来你们啥都不打算还给我。OK，那我就自己抢回来。等着瞧吧，山田次郎!

“上车!”山田次郎再次催促。

麒一老老实实坐到后座上，山田坐在他身边，尖嘴猴腮的家伙充当司机，毛蟹似的汉子坐在副驾，锐志开动了。

麒一看着窗外的店铺招牌和道路标识，这附近似乎是大田区大森一带。昨晚他们特意给他套了个头套，今天大白天却没有头套。这代表着他们决定杀麒一后的态度变化。

尖嘴猴说了句：“接下来上高速了。”

麒一回答："等等，我要先去买点东西。"

山田次郎古怪地瞪着他："买什么？"

"还问我买什么？你们什么准备都没做啊！又不是去兜风。我们是要去山里挖尸体呀！搞清楚状况没有啊？"

"你的铁铲不就在后备箱里。"

"什么？这么多人去，就我一个人挖？那要好几个小时呢！前天我足足挖了一晚上！你知不知道我挖了个多深的坑啊？"

"知道了知道了，真是麻烦。附近哪里有卖的？"

略带怒气的山田次郎问道。

司机回答："浮岛杰克森前面有家超市，就在川崎大师旁边。"

川崎浮岛杰克森在高速路川崎一侧，是上高速的入口。

"我们先去那里。"

山田次郎吩咐道。然后，他斜瞥了麒一一眼。麒一更起劲了："光有铁铲还不够！还要买工作手套。我前天忘记带毛巾去，可真受了大罪了。对了，我们要把指纹擦掉对吧？总不能拿纸巾沾着唾沫去擦吧？那可来不及……"

"别废话了，你觉得需要啥就自己去挑！"

山田次郎不耐烦地将头扭向窗外。

超市就在府中街道上。麒一看到还有家便利店，立刻让他们停车。

“我要在这里买东西。”

山田次郎一直跟着他进了便利店，麒一买了一瓶500毫升的生茶、一瓶谷物醋和两包七星香烟。

“买醋干什么？”山田次郎问。

“嗯，你不知道么？”麒一满面笑容地跟他捣糨糊，“这个擦指纹的效果一级棒啊。”

确实，用醋去擦指纹或许真能擦得很干净，但他的真实目的却不是这个。

车子没有进停车场，就停在马路上，所以司机留在车里，而山田次郎和毛蟹大叔紧跟在麒一身后，一起进了超市。

麒一想找个好机会逃跑，等上了高速之后再逃就难了，因为高速上很危险。如果能在街上逃掉，应该很容易找到交通工具和藏身之处。眼下进了超市，可能是他最后的机会了。

大卖场面积广阔，人多眼杂，可说是逃命的好地方。不过对方也非常警惕，山田次郎甚至伸手勾住了麒一的皮带。

麒一回头问：“你干什么？”

山田狞笑：“地方太大，你要是跑了，我可要迷路的。”

“别开玩笑了，你又不是小孩子，怎么会迷路？”

“别管我了，去找工具吧。反正我不会让你跑掉。”

“喂，我才不跑呢。跑了我有啥好处？那一千万还没拿到手呢！”

“知道知道，我也觉得你不会跑。只不过我自己不想迷路，嘿嘿。”

麒一知道逃不了了。算了，还是等他们放松警惕之后再说吧。

他决定：要在对方最最大意，认为自己最不可能逃掉的地方逃跑！

就这么扯着山田次郎，麒一不停地把商品放进购物篮：一包带有黄色防滑垫的工作手套、四条大浴巾、十条普通毛巾、帆布包、驱虫喷雾。又选了两把铁锹，叫毛蟹大叔拿着。最后到清洁用品专区拿了一瓶厨房漂白喷雾。

“这个派什么用场？”

山田次郎很仔细，他马上就提了个问题。

“据说这个可以清除皮脂之类的痕迹。”

这次麒一说的是真话。他以前看过一本关于外国验尸官的小说，这知识就是从书上学来的。

“你懂得还真多。”

山田次郎似乎发自内心地夸了一句。不过他可没想到，漂白剂的用场和醋一样，麒一心里另有打算呢。

漂白剂的瓶子上写着：“严禁混合，危险！”

4

麒一咕咚咕咚一口气喝干了刚买的生茶饮料。锐志沿着海底隧道前行。

他把刚买的东西放进布袋子，当然，那两把铁锹已经收进了后备箱。为了给铁锹腾出地方，他们把电器店的纸袋和超市的大塑料袋都搬进了车厢。麒一把这两个袋子也塞进了布袋。接着，他又把醋、除虫喷雾和漂白剂等的包装拆掉，胡乱塞进一个垃圾袋里。

麒一曾经看到过一个新闻，说是有位主妇，不小心把酸性洁厕剂混入了含氯漂白剂和除霉清洁剂中，结果发生化学反应，产生了毒气，不幸身亡。从那以后，这一类产品包装上就开始标明“严禁混合”字样。麒一曾出于好奇，在网上搜索过严禁混用的家用清洁产品的种类。

含氯漂白剂的主要成分是次氯酸钠，它一旦和酸性物质混合，就会立即分解产生氯气。据说氯气曾被德军在第一次世界大战时用作人类史上第一件化学武器，可见毒性猛烈。

但如果他直接在超市购买两种标明“严禁混合”的产品，山田次郎这种街头混混估计也会生疑。因此他提前在便利店买了瓶醋。因为麒一在网上查询时看到过，除了酸性洁厕剂以外，醋或盐酸也有同样效果。

麒一的目的并非利用氯气杀死山田次郎一伙。因为要达到这样艰难的目的，必须全车密封，那样的话麒一自己也逃不了。他要考虑的是，如何利用氯气，从这伙人手中逃脱。

山田次郎盯着他说："你做事还真仔细。"

麒一大大咧咧地回答："我要把行李都打个包，整理好。这样回去的时候就方便了。"

山田次郎冷笑了一声。或许他心里在鄙夷地说：你小子，还做梦呢。

麒一也在心里愤愤地想：我非要给你们个教训不可。

山田次郎一伙最为放松，认为麒一肯定逃不掉的地方，应该就是海萤停车场了。那是大海中的一座孤岛。既没有地铁也没有公交。当然更打不到车。在那里逃跑的人，只有徒步跑向木更津或回到川崎这两种选择。

若是跑向木更津，就必须上桥，肯定很快就被发现。在日本搭便车很难，更何况在高速道路上！而如果回到川崎，因为是单向行驶，倒不用担心被车追杀，但如果他们绕到隧道入口处堵截，又该怎么办呢？

即使在海萤成功跳车逃跑，也无路可走。麒一明白，他如果找个隐蔽之处躲起来，也只是给了对方召集帮手的时机，最终还是难免被活捉。他既然无法向警察求援，已是走投无路，山田次郎对此十分清楚。

正因为如此，麒一下定决心要在海萤跟他们一决胜负：并不是我麒一逃跑，而是我设下圈套，让山田次郎一伙慌不择路地奔逃!

他的计划是这样的：要求小便，让他们在海萤停车。为了让这一要求显得理所当然，他刚才已经喝了一整瓶生茶。再说过了海萤之后，前面没有什么方便的地方了。想必这个要求会得到满足。到了停车场之后，就偷偷拧松袋子里快燃炉的开关，下车之前，趁他们不注意，用打火机点燃炉芯，炉芯正对着除虫喷雾的瓶子，在麒一上厕所期间，这个瓶子肯定会爆炸，接着，整个快燃炉都会爆炸。

以前，他在电视晚间新闻上看到过，有人点燃了便携煤气炉后做别的事去了，结果发生了爆炸事件。虽然只是小型便携炉，但爆炸威力却不容小觑，估计到时候这辆车的门窗玻璃都会粉身碎骨吧。

随着爆炸之火，漂白剂和醋会泄露出来混合在一起，产生有毒的氯气，听到巨响的人们会围过来，因为海萤的停车场并非密闭空间，所以这点毒气不可能毒死人，但至少能引起混乱和骚动。警察和消防员也会很快赶到现场。媒体的直升机大概也会来吧。爆炸和异味将引发对于恐怖袭击事件的猜想，或许自卫队的化学部队也会来呢。一定是场特大混乱。

麒一就趁山田次郎发愣的当儿，给他沉重一击，趁乱逃走。山田次郎应该是没有时间考虑如何还击的。可能他自己还要急着在警察赶到前逃跑呢。他可是发生爆炸那辆车的车主，身上还有枪。他哪敢让警察搜查啊？肯定拿着枪指着去川崎方向的小车驾驶员，抢部车就逃。麒一就站在瞭望台上，吹着小风，静等事件平息。然后，找个面相和善的卡车司机，边搔着脑袋边不好意思地说："跟女朋友开车出来兜风，吵了架，被她赶下了车，大哥能不能行行好带我回去？"顺利解决，顺利得很！

至于待在车里的尖嘴猴腮司机和毛蟹大叔，不知道会受多重的伤，也不知道爆炸和引发毒气的罪行有多重。但目前可是麒一的生死关头，他不想为了遵纪守法而白白送命。这是一场赌博，赌上了身家性命。麒一深知：破釜沉舟，在此一举。

抽着烟，喝着生茶，故意没有在装东西的布袋上打结。

他问山田次郎："尸僵，是死后什么时候开始的呀？"

有意表现得比较淡然。

"怎么说？"山田次郎看着他问。

"哦，我担心挖出来的尸体硬邦邦的不好搬。"

"你好像啥都懂的样子，偏偏这件事不知道么？"

"看你这话说的，我以前对尸体又没啥兴趣。不过记得在哪里听说过，好像要经过蛮长时间才会僵硬的。"

"全身僵硬是在死后十二小时。那以后的十二小时最严重，再过二十四小时，尸僵就完全消失了。”

“哇，你懂得很多嘛。为什么了解得这么清楚啊？”

“哼哼，这个嘛。”

“你杀过人吧？”

“或许吧。”

“海萤那里停一下车吧，我要小便。”

“是么。”

“顺便吃个早中饭吧，再往前开，连个饭店都找不到了。”

“倒也是。”

山田次郎这次似乎太配合了，麒一反而有了不祥的预感。

汽车离开高速公路，沿着旁边小路上了海萤的停车场。麒一悄悄把右手伸进藏在阴影里的布袋子，汽车进入了三楼停车场。麒一的手指放在了燃气炉的开关上。他若无其事地瞥了山田次郎一眼，没想到对方也正盯着自己！他的食指和拇指捏着开关，却不敢乱动了。车停了。

山田次郎说：“把手伸出来！”

“什、什么？”麒一把右手从袋子里抽出来，双手都伸到山田次郎面前。

“我现在回答你刚才的问题吧。”山田次郎却并不看他的手，而是一直盯着他的眼睛。

“啊？什么问题？”

“你刚才不是问我是不是杀过人么？”

“那个问题啊。你杀过？”

“当然。”

“果然杀过人啊？”

“你想知道我怎么杀的么？”

“嗯，用枪吧？”

“我到了对方家里，勒死他之后，把尸体拖到浴室。然后，在洗脸池里混合了入浴剂和洁厕剂，关上浴室的门，离开了。我当时戴了手套。虽然那人没写遗书，但警察却认为他是自杀，死于硫化氢中毒。”山田次郎语气平静。麒一的手却开始颤抖。

“你买醋的时候，我还完全没想到呢。你可真是个了不起的小子。可惜啊可惜。”

“啊？我听不懂你的意思。”

麒一的声音也颤抖了起来。

“喂，把那个拿出来！”山田次郎对着副驾驶座上的毛蟹大叔喊道。

毛蟹大叔立刻取出一副手铐。

“你小子是个危险人物，现在我们的友好游戏就此结束吧。”

山田次郎拿着手铐看着麒一。

麒一心中暗暗叫苦：怎么会有手铐？你们还是用绳子吧！你看，袋子里有我买的结实的尼龙绳，好长一根呢！用绳子吧！这样，我很快就能用卡拉OK厅里那个麦克风里的金属片，割断绳子逃跑了！你要是用手铐，怎么能见识我的本事呢？

山田次郎已经从背后抽出了手枪。是一把不锈钢制的左轮手枪。

“如果你不老老实实的，我会揍到你老实为止。”

他不可能开枪。他不可能在如此狭窄的车厢里，准确击中打算搏命的自己！何况，他不敢杀我，这样我就有足够的机会逃脱。麒一暗下决心：此时不搏，更待何时！

他突然出左拳狠击山田的面门，这一拳相当有手感。但接下来，他就看见银色的左轮手枪当头砸下，顿时眼冒金星，接着又一片漆黑，山田下手非常重，麒一知道自己脑袋被砸破了。他伸出左手反射性地去捂住伤口，鲜血流了下来。山田敏捷地给他上了手铐，又扭过他的左手腕，麒一马上反应过来：对方准备用枪对着自己后背。要是对方真这么做了，那可就万念俱灰了。他立刻双脚蹬住椅背，反转身体，右手抓住山田的衣领，用头撞了过去，却被对方闪开了。山田继续用左轮手枪砸麒一的脸，麒一口中弥漫着血腥味，但他仍紧抓着对方的衣领。手铐已经嵌入了手腕的肉里，接着，腹部也遭到对方狠命的拳击。麒一蜷曲着身子躲避着攻击，无法动弹。

“你小子还真狠，杀了有那么点可惜。”山田次郎哼着鼻子说道。可能是麒一突如其来的一拳，打破了他的鼻子。活该！

“总之，你小子活不长了。乖乖带我们去把尸体挖出来，我可以让你死得痛快一点。否则，我有的是办法让你求生不得求死不能，而且对我来说，折磨别人是一种乐趣。你是乖乖听话，还是顽抗到底，自己选吧。”

麒一边听，边露出了微笑。终于逼迫对方将手铐铐在了胸前，为此他正在百般庆幸呢！

5

手铐是真家伙，油黑铮亮，沉甸甸的。不像是铝合金的，估计是不锈钢材质，看上去结实得很。绝非那种不用钥匙就能打开的玩具手铐，而是件足以令人胆寒的作案凶器。就连形状，也和麒一以前在电视剧或电影上看到的东西完全不同。

连接左右两个钢环的不是普通的锁，而是两根粗粗的金属棒，所以钢环连得很紧密，虽然可以上下略微摆动，却完全不能扭动。比起用锁的手铐来，这种类型的家伙的拘束力要大得多——麒一或许能想办法把锁磕断，但对于这两根金属棒子却无能为力。无论是厚度还是宽度都足足有七公分，要想切断它们，肯定需要非常专业的工具。

“那可是台湾刑警配置的真家伙，你就别打它主意了。”山田次郎得意地笑了起来，他已经在鼻孔里塞了些纸巾止血。

麒一没理睬他。头上的伤口还在钝痛，但血也已经止住了。不过，他嘴里痛得很厉害，那是因为被对方用手铐痛击了面部，口腔破裂了。他能感觉到嘴里肿得很高，最里面的牙齿也痛了起来。

锐志进入了房总高速路，山田次郎他们只知道尸体被埋在鸭川，所以麒一在到达鸭川之前无需给他们指路。麒一一直保持沉默，他希望对方认为自己被戴上手铐后已经绝望，会老实配合。

该怎么逃呢？这是个问题。麒一并没有放弃希望。相反，他认为自己有足够的机会逃出生天。

关键是逃跑的场所。不下车，就逃不掉。那么，让他们在哪里停车？骗他们到哪里去挖尸体呢？对于麒一来说，有人烟的地方或是建筑物最适合逃遁，但谁会相信尸体埋在那儿？山田次郎一伙可不那么好骗。看来，只有到了深山再让他们停车了。

即使是深山老林，麒一也有把握逃掉。他想：虽然我戴着手铐，但一旦逃窜起来，对方还是很难抓到我的！只要顺着斜坡滑下去，他们的车就没了用武之地。森林茂密，视线不佳，林子里又有未知的危险，山田次郎一伙虽是亡命之徒，但在这样的环境下追捕一个为逃命不惜一切的人，也还是需要相当的勇气的。当然，无论在哪里逃跑，都要先诱使他们放松警惕！

麒一潜意识里想要回避真正的埋尸之地，他想把山田一伙骗到一处人迹罕至的山林中去，但若是如此，对方就会始终保持警惕，很容易发现麒一是在拖延时间，目的是寻机逃命。对方始终紧盯着麒一，估计等会儿下车步行时，也会拿绳子捆着他，像遛狗那样跟在后面，而且，山田的左轮手枪很可能会一直顶着麒一的脑袋。

不行，看来不能胡乱找个地方叫他们挖。挖过坑的土地，看起来肯定跟周围不一样。要想拖延时间，只会挨一顿胖揍。麒一心想：要是腿脚再受点伤，可就真的完蛋了！

他思来想去，发现只有带他们到真正的埋尸处，然后再做打算了。即使狡猾如山田次郎，看到需要的东西之后，应该也会不由得放松警惕。首先要让他们确认，这块地方的土色和周围不同，而且杂草不生，这样他们才有可能动手开挖，不至于一直盯着麒一不放。

但是，找到地方之后，他们是不是会立刻杀了他？不，不会。至少，在看到包裹尸体的塑料膜之前，自己不会有生命危险。麒一预计，挖出裹着塑料膜的尸体之后，坑里正好空出来，那时就轮到山田击杀自己了。看来，只有利用他们挖坑的时候寻机逃跑，若是逃不掉，便只有死路一条。麒一生死，在此一举。

“小子，怎么这么老实？你还没放弃逃跑的计划吧？是不是又在打什么坏主意？”

山田次郎边问，边从鼻孔里取出纸巾，扔出窗外。

“大叔，你们可有三个人！我哪逃得掉啊！”

麒一转脸看着窗外，晃动着手铐说。汽车已经在行驶两小时之后，进入鸭川市区街道，山田大概也有点腻烦了。

“嗯，别装傻。你小子可不是那种会乖乖听话的家伙。”

“我是不想死的，所以一直在想怎么说服你们放我走啊。”

山田次郎听了麒一的话，显得有点惊讶。

“说服我们？怎么说服？”

“让我活着，比杀掉我的好处更多。”

“有趣。说说看。”

“我一旦失踪，烟杂店那个女孩子肯定会报警，因为她喜欢我。”

麒一开始编故事。

“啊？你小子对那种没发育好的小萝莉有兴趣？”

“谁说的？是她对我单相思！她要是联系不到我，肯定担心得要命，马上就会去报警。而且，她把我的名片交给你们之后，就找不到我了，对不对？警察知道停在烟杂店门口的车子是你们的！再加上我的撞球吧也被纵火烧了，他们肯定会开始统一搜查。”

“你小子跟那小丫头睡过？”

“没有没有！警察很容易查到你们跟杉野清治的关系，杀了我的话，你们麻烦只会更大！”

“麻烦？你要是睡了女中学生，你才有大麻烦呢！”

“不是跟你说了没睡过吗？你觉得挖出尸体，就能拿到他的保险金吗？”

山田次郎冷笑了几声：“当然拿不到，他根本就没买过保险。”

“啊？”

麒一不由得叫了起来。那为什么还要挖出杉野清治的尸体呢？为什么还要杀我呢？麒一真的迷茫了。

汽车沿着海岸飞驰。已接近母亲疗养过的条田综合医院了。疗养院前方沙滩上有一个直升机起降场，数架医用直升机正在起飞。

“怎么？不打算说服我了？”

山田次郎还在追问。麒一扭头看着他说。

“放了我，我不会报警的。”

“你当然不敢，你可是杀人抛尸的罪犯。”

“那你有啥理由非杀我不可？不如我们合作吧？”

“什么意思？”

“我可以给你当小弟，我会卖力干活的。”

“哦，你怕死，所以宁愿当俘虏？”

“谁不怕死啊？再说我又没钱，连撞球吧的装修费都付不起，还是跟着你们干有前途。”

山田次郎不再回话，而是陷入了沉思。

“我和同龄人不太一样吧？自我感觉应该算是个人才。”

“或许吧。”

“你可以搞个测试，看看我是不是有用，然后决定要不要杀我。”

“……”

“你能问问头儿吗？是不是能留我一条命？”

“收不收你，就凭我一句话。不需要问头儿。这样吧，我会看情况，给你个机会的。”

“真的？”

“嗯，我会考虑考虑的。尸体到底埋在哪里？”

“小凑。从渔港旁边那条路开上去，一直往上就到了。”

麒一露出了笑脸。这笑容可不是装出来的，而是发自内心的。

“前面左转。”麒一说。

车子开上了山道。四周森林茂密，阳光变得细碎，视线有点昏暗了。又开了五分钟左右，离麒一埋尸的地点已经很近很近了。

“停车！”麒一喊道。

车子停了下来，他把头探出窗外确认了一下，周围到处都是树，很难辨认具体地点。

“能让我下车看看么？”麒一问道。

山田次郎向副驾驶座上的毛蟹大叔点了点头，毛蟹先下了车，走到麒一一侧，给他打开车门。麒一下了车，毛蟹大叔凑到他跟前，冷笑着说："小子，别搞什么花样！放老实点！"

麒一抬起戴着手铐的双手："我都这副模样了，还能怎么样？我又没有超能力！啊！！"

突然看到对方向自己脸上出拳，麒一本能地抬手抵抗，毛蟹大叔抓住了手铐，用力向下一扯，紧接着一拳打在麒一脸上。鼻子好痛！麒一眼冒金星，这一拳打得他头昏脑涨，鼻子都出血了。

"往前走！"

毛蟹大叔又踢了他一脚。麒一慢慢地走了起来，毛蟹大叔伸手拽住他的皮带，紧跟在后面，山田次郎也下车跟了上来。

麒一一边扫视着旁边的斜坡，一边慢慢走着。他记得从埋尸之地透过树木间隙，能看到远处的小木屋。毛蟹大叔和山田次郎亦步亦趋，小心地盯着他。

"这里。"

麒一停下了脚步。埋好尸体后，他爬上斜坡，当时在晨曦中看到的景色，和这里一模一样。

"真的假的？这附近根本没有挖过坑的任何痕迹！"山田次郎朝下方张望着。

"我怎么可能埋在一眼就看得到的地方！"麒一回答。毛蟹大叔在他身后，推搡着他的脑袋。

"你可不要耍花样！"

“尸体就埋在这条路下面！看到没有？斜坡接近九十度，我费了老鼻子劲，在坡上挖了个横向的大坑，所以不下去是看不到的！”

山田次郎听了，面带钦佩地说：“你小子，脑瓜很好用啊！”

毛蟹大叔却似乎对麒一很反感：“还不知道他说的是真是假呢。”

山田次郎吩咐他说：“你去看看吧。”然后伸手拽住麒一的皮带，让毛蟹大叔腾出手来。

毛蟹大叔拉着斜坡上丛生的小树，小心翼翼地走了下去。麒一身边，只剩山田次郎一人，此时如果用手铐猛击他的脑袋，然后沿着斜坡飞奔下去，或许就能逃生了吧？

麒一抬手擦着鼻血，悄悄地看了看山田次郎，对方正冷笑着用左轮手枪指着他。

“你有纸巾吗？”

对方不理不睬。

“有了有了！”下方传来毛蟹大叔的喊声，“没错，是新埋的坑！”

麒一转身看着山田次郎。

对方似乎颇为满意地笑了笑，然后用枪顶住了麒一的后背。

“好，回车上去！”

“什么？”麒一没想到还要回去。他以为会被逼着一起挖坑呢。如今心头又生起了不祥的预感。

回到车上之后，山田次郎把他推坐到后排，自己拿了袋子，关了车门，朝尖嘴猴扬了扬下巴，叫他也下车，然后把袋子交到他手上："里面有手套、毛巾和防虫剂，后备箱里有铁锹，你一起带去，帮着把尸体挖出来。"

尖嘴猴拿了两把铁锹和袋子走向毛蟹大叔的方向。

"小子，你乖乖等在这里，直到我们把尸体挖出来为止。如果我们挖尸体的时候你敢搞点花样出来，我可饶不了你。"

山田次郎在车窗外说道。

"呵呵，我不会搞什么花样的。"

"那就老实待着。"

山田次郎说完，离开了车边。

麒一在心里狂叫：我怎么能老实待着！待在车里，被山田次郎监视着，我还能逃得掉嘛！即使被绳子绑住，只要我能滚下斜坡，就有逃命的机会。如果山田次郎就在我身边，我也有可能拿裤袋里藏着的电线勒死他。但现在这种情况，等到那裹着尸体的塑料布被他们抬上来，就是我麒一的死期了啊！

现在，只有一条路可走：冒着被枪击的危险，冲出汽车，滚下山坡去。即使没被击中，顺利地冲了出去，但因为没有时间确认坡下的情况，很可能被密生的树木戳伤。这个方法极其鲁莽，但现在却是唯一的选择。

“我这人一向不喜欢用电器，太危险。”山田次郎从后备箱里拿好东西后走了过来，对麒一说，“不过，你小子诡计多端，还是要防着点好。”

他手里拿的不再是左轮手枪。麒一还来不及反应，脖子就受到了电棍的沉重一击，随着“砰”的一声，剧痛贯穿脑髓，他感到全身脱力。

6

周围弥漫着潮湿、发霉的气味。麒一感到自己身处冰冷的洞穴中。

洞外，毛蟹和尖嘴猴两人正从袋子里取出尼龙绳，准备绑在裹尸体的塑料布外面。他们打算把尸体从斜坡拖上去。

毛蟹和尖嘴猴用力托起足有六十公斤的塑料包，而山田次郎正从上方拉着绳子帮忙。这可真是个重体力劳动。他们都以为麒一休克了，所以根本没注意他。太好了！此时不逃，更待何时？只要滚出洞口，滚下斜坡，就万事大吉！

但是，那也得身体能动啊！麒一现在几乎一动也不能动，原因是被山田次郎电击了两次，身体什么时候能恢复机能，他也不知道。

最初的电击导致剧痛，他以为自己立刻就会失去知觉，结果却并非如此，虽然他身体完全不能动了，但意识却一直很清醒。等他能再次控制身体，大约已经过去了五到十分钟，对于麒一来说，那可真是一段漫长难熬的时间。

手脚能动之后，他还是装作休克的样子。因为他很清楚，对方要是知道自己清醒了，一定会毫不客气地再赏他一记电棍的。

他怎么也没想到，山田次郎居然会用上电棍。对于自己这样一个戴着手铐的人，山田次郎只需拿着手枪看着，不就够了嘛?那家伙实际上是个胆小鬼！麒一斜躺在锐志后座上暗想。此时，斜坡下传来欢呼声："找到啦！"

是毛蟹的声音。他们终于找到那个包裹了。麒一也终于要被埋进那个坑里了。他们肯定不想血污弄脏了车，所以会在把麒一扔进坑里之后再补上几枪。所以，他打算在山田次郎毫无防备地打开车门时，不要命地扑出去袭击对方，然后逃命！

不管是否鲁莽，麒一都下定决心，至少要抠出山田次郎一只眼珠子，否则自己死不瞑目！

可惜，山田次郎却是个谨慎到令人痛恨的家伙！

他没有开门，而是从车窗伸进电棍，在麒一脚上又来了一下。然后才打开门，粗暴地把麒一拖下车，沿着山路拖行几米之后，一脚把他踢下了斜坡。麒一就这么倒在刚挖出的泥土上，昏迷不醒。

好在泥土松软，麒一的身体并没受伤，但他气闷了好久。很快，毛蟹和尖嘴猴就把他拖进了洞里。麒一一直装作休克，事实上，他虽然已经有了意识，但完全控制不了自己的身体，一动也不能动。

这次他吃了电棍的亏，也终于明白，以前电视电影上看到的电击之后立刻休克的画面都是假的。虽然个人体格和健康状态不同，但被电击之后，人应该不会失去意识，只是不能动弹而已。

洞外那两人的身影消失了。估计已经在运尸体了。麒一心焦气躁起来。现在可是生死一线的危急关头，心头升起了恐惧感——意识虽然清醒，身体却好像被施了“定身法”，这可怎么办？

在山田次郎下来开枪杀人之前，如果身体还是不能动的话，麒一注定要在这冰冷的洞里断送短短二十年的生命了。虽然感觉体力在一点一点恢复，但速度非常慢，慢得让人心焦。

他现在不敢动弹。因为需要积蓄足够的体力，直到自己能够一口气冲出洞口，滚下斜坡。如果急于求成，在体力不足的情况下慢吞吞地探出身去，被尖嘴猴和毛蟹抓住的话可就完蛋了。

可是，如果体力尚未恢复时，山田次郎已经下来了该怎么办？麒一想到这里，差点因担忧而叫出声。他尝试着慢慢捏成拳头，又动了动脚腕，可是膝盖处还是没有力气。他用手肘撑起上身，靠着洞壁试图站起来，可是，刚迈了一步就脚软了。

毛蟹出现在洞外，面带冷笑地看着下方的麒一。尸体应该已经搬上去了，山田次郎大概正在把它往后备箱里塞。现在也没必要装昏迷了，麒一睁开眼，瞪视着毛蟹。

“哼，你小子等死吧！”

麒一很想朝他脸上吐唾沫，更想宰了他。

“小子不逃命了？你逃啊？还不服气？”

毛蟹得意洋洋。麒一却鼓起了斗志：的确要再拼最后一次！事已至此，破釜沉舟！死也要死个够本！首先，要争取点儿时间！

尖嘴猴出现在毛蟹背后，也狞笑着看着麒一。接着，山田次郎的脸从两人当中露了出来。

“马上要跟你永别了。”

“你不是说让我入伙吗？不是说会考虑的吗？”

山田次郎听了麒一的话，哈哈大笑：“我考虑过了啊！十秒之后，就决定不要你。”

“为什么？”

麒一偷偷握住拳头，发现体力恢复了不少，只是腿脚似乎还不太灵便。

“因为我讨厌你。”山田次郎一伙都大笑起来。

“你不是说要考验考验我，看我本事怎么样么？比起这只毛蟹似的家伙，我可要有用得多。你的手下如果只是毛蟹这种笨蛋，将来肯定没前途！”

“你说什么！”毛蟹大怒，伸腿踢了麒一一脚，好痛！麒一的身体感觉似乎回来了不少。

“啧啧，你对我这样动都动不了的人还真凶啊。臭跑腿的。老子要是进了你们组织，到你这年纪，才不会被人指使着买乌龙茶和麦当劳呢！没用的家伙！”

毛蟹的脸已经像只煮熟的螃蟹似的，他拾起了脚边的铁锹。

“去死吧！”

他抡起铁锹砸向麒一，麒一立刻用手铐去迎，顺势抓住铁锹柄，用力一拉。毛蟹站在斜坡上，本来就重心不稳，马上摔倒在地。麒一盘算：只要能抓住毛蟹，躲在他身后，山田次郎就不敢开枪。

毛蟹压住了麒一，挥拳就打，麒一任他打骂，就是抓着铁锹柄不松手。毛蟹站起身来，用力和麒一抢夺铁锹。麒一突然松手，毛蟹又失去了平衡，仰头摔倒，铁锹也掉在一边。

麒一拄着铁锹试图站起来，但中途脚软，跪倒在地。毛蟹慌慌张张地站起身来，麒一在倒下去之前，用尽全力挥动铁锹，砍在毛蟹的腿上。

一声惨叫！毛蟹的左腿弯曲成不可思议的弧度。麒一跪坐在地上，尖嘴猴想冲过来，山田次郎大吼一声：“让开！”

尖嘴猴赶紧躲开，麒一举起铁锹，对准山田次郎掷了过去。枪声响了，麒一在地上打了个滚，摸到那个工具袋，抓紧袋子，沿着斜坡飞快地滚了下去。他把袋子罩在头上，保护脑袋不受冲击。身后传来阵阵枪声，麒一鄙夷地想：谁能打中滚动的目标啊！

麒一一路被树根绊到无数次，被树干撞到无数次，手铐硌得手腕生疼，最后终于停了下来。回头看看，已经离他们有几十米远。林木茂密，看不到对方身影，但还可以听到毛蟹不停的惨叫声。麒一眼前仿佛浮现出山田次郎懊悔的表情和尖嘴猴惊吓的模样。

接着，麒一缓缓地沿着斜坡下滑，身上很痛。对方也可能追了过来？不，不会，他们要看着尸体，还有个受伤的同伙，不太可能沿着看都看不清楚的斜坡冒险追踪。山田和尖嘴猴两人要把断了腿的毛蟹搬回车里，都够他们受的。他们知道麒一不可能报警，所以不需要着急。

麒一一个劲地向山下冲刺，他打算先冲到原先在山上看到的那间小木屋再说。麒一不顾身体的疼痛，拼了命地滑下山坡，现在还不到放松休息的时候啊！只是，嘴巴好干好干！

终于，他来到了小木屋前。这里似乎是保管器材的仓库。麒一边走边东张西望，幻想能找到一辆插着钥匙的小卡车，当然这只是在做梦。

小木屋的门上了锁，周围也没有饮水龙头，麒一走在山区的土路上，考虑着下一步该怎么办。当然了，首先要步行前往沿海步道，但那之后呢？

眼下，他满脸是血，手上还戴着手铐，不可能有出租车停下来载他。如果他去坐公交，肯定也会被司机交给警察。想要跟朋友求助，偏偏手机也不见了。环视四周，这附近一时半会儿可很难找到公用电话。

渐渐地，远方出现了几处旧民居。麒一在其中一家的玄关旁边用户外水龙头洗了把脸，又灌足了水，然后从包里取出毛巾擦擦脸，感到脸上火辣辣的痛。包里的醋瓶子没有破，这多亏了紧紧塞进去的那条毛巾。

麒一又走了几步，偶然发现了一辆主妇买菜用的女式自行车，车子没上锁。大概在这种山林地带，根本不用担心会被偷吧。麒一把包放进前面的框框里，老实不客气地跨上车，踩着脚踏出发喽。由于双手被铐上了，所以骑得不太稳，摇摇晃晃的，有几次差点摔下来。

他突然听到汽车的轰鸣声，赶紧下了自行车，推着车隐藏在树荫里。前面就是柏油马路了，那辆银色锐志正呼啸而过。

只能抢他们的车了！麒一心想。

光靠这辆女式自行车，是肯定无法回到东京的。麒一猜到了锐志将要去向哪里。

麒一弯着腰，在停车场里小步快跑着。刚跑上二楼，他就找到了那辆锐志。尖嘴猴正在车外打手机，很可能是在跟高领西装男汇报情况。车里空无一人。山田次郎肯定陪着毛蟹在看病。

这里是条田综合医院的停车大楼。这些家伙在山里叫不到救护车，手机又没信号，还是把毛蟹直接运到医院比较快。而方圆数里之内，能够提供急救措施的医院只有这一家。

无论那些家伙是来时看到了救护直升机，还是通过手机搜索到这里，他们都只有这一个选择。

麒一利用其他车辆做掩护，慢慢靠近了锐志。然后藏在汽车阴影里，偷偷打开身后的包，取出醋和漂白剂。尖嘴猴打完电话后，回到驾驶座上，打开窗户开始抽烟。麒一匍匐在地面上，缓缓地接近了车门。他猛然拔掉醋瓶子的盖子，跳起来对准尖嘴猴的脸就泼。

尖嘴猴被这浓烈的气味呛到，大声咳嗽起来。麒一用漂白剂喷雾的喷嘴对准他大喊一声："不许动！"

对方顿时吓呆了，满脸惊疑。

"如果我按一下喷嘴，你知道会发生什么吗？你马上就会氯气中毒，死翘翘！"

麒一继续说道："氯气中毒，绝对只有死路一条！而且会死得很惨，很痛苦！"

尖嘴猴慢慢举起了手，面孔已经因恐惧而扭曲。麒一扔掉醋瓶子，仍然用漂白剂喷嘴对着尖嘴猴，慢慢打开了车门："下车！然后趴在地上！"

尖嘴猴乖乖照做了。麒一搜了他的身，发现他没带任何武器，于是抢了他的手机和皮夹，又从自己的牛仔裤口袋里取出电线，扔在他面前，说："把自己的腿捆上！捆不牢的话，我可是要生气的！"

一边说一边把喷嘴对着尖嘴猴的脖子。对方立刻像个小学生似的坐直身体，认真地把自己的双腿绑了起来。麒一在他身后问："手铐的钥匙呢？"

"我不知道啊！可能在与座，就是那个被你弄伤腿的人，在他那里吧。"

"你敢说谎的话，我就敢杀人哦！"

"没，没说谎！是真的。"

尖嘴猴的声音都变调了。怎么办？难道要到急救室里去抢钥匙？

麒一看了看尖嘴猴腿上的电线，确认绑得很牢。然后叫他再次趴在地上，把他的双手牢牢捆在了背后。由于麒一感觉尖嘴猴没有任何反抗的意图，就把漂白剂的喷雾瓶随手放在了地上。虽然戴着手铐，但终于还是把尖嘴猴绑了个结实。

麒一从旁边汽车的阴影里捡起包，放在了副驾驶座上。他仔细搜了一遍，在副驾储物箱里发现了一把不锈钢的左轮手枪，似乎跟山田那把是同款。

麒一把枪插在腰间，又搜了搜，可惜没找到手铐的钥匙。

他从后座上拿来电棍，打开开关，电棍顿时发出啪啪的声响，前端两支短棒之间闪着蓝白火花。他隐藏在路边阴影里，等着山田次郎。守株待兔，反败为胜!

路边不时有行人经过，又有几辆车开了出去。过了大约十五分钟，山田次郎终于回来了。麒一出其不意地大喊一声:“喂!”

山田闻声回头，看到麒一，顿时目瞪口呆。此时麒一挥动电棍猛击他的腹部，只听“邦”的一声，山田随之倒地。

“哈哈，这是给你的回礼!”

接着，麒一毫不客气地又请他吃了一棍。山田次郎的身体抽搐了几下，很快就软瘫下来，但眼睛还在骨碌骨碌转动着。麒一从他裤腰上拔出左轮手枪，又搜了他全身的口袋，抢走了他的手机和皮夹。但还是没找到手铐的钥匙。唉，难道真要戴着手铐去开车?

“等看到那个穿高领西装的老家伙的时候，你跟他说一下，想要杀我石川麒一，是痴人说梦!”

丢下这句话，麒一不再看山田次郎，自顾自钻进汽车，准备开路。发动汽车驶出停车场，天气晴朗，阳光灿烂。这辆锐志是自动挡，而且带方向助力系统，所以戴着手铐也能轻松驾驶，只是不能边开车边吸烟而已。

我活下来了！麒一此时才真正松了口气，心头涌起喜悦，他开着这辆后备箱中装着尸体的锐志，沿着海岸高速，朝东京方向前进。

第三章　夺取

1

北大路良雄怒气冲冲。

他脱下高领西装，狠狠砸在转椅上，然后解开衬衫最上面的两颗扣子，大口喘着气。

全都怪那小子！石川麒一！那小子究竟是做什么的?！不过才二十岁的小孩，怎么会从三条大汉手中逃脱，而且还抢走了尸体?！与座的腿被他打成粉碎性骨折，好在医生给力，不用截肢，但要想正常行走，需要很长很长的复健时间。北大路慨叹部下的无能，他怎么也没想到，派出去的三条大汉竟然给他汇报了这么个结果！

自从石川麒一夺车之后，已经过去整整三天。剩下的时间不多了。他刚刚才在电话里好不容易敷衍过关，接下来，该怎么办？

那天，得知麒一抢了藏有杉野清治尸体的车并安然脱身之后，北大路就立刻命令所有部下紧急出动，在高速公路川崎出口设下了重重埋伏。可是，却没发现那小子抢走的锐志。估计他故意绕远路，从京叶高速或东关东国道回去了吧。真是让人恨得牙根痒痒啊！

北大路立刻让人监视麒一的住所和那家已经烧毁的撞球吧，然后还派人手前往麒一借车的房东家以及他的老家。可直到现在，还是没有发现麒一的踪影。他肯定躲在什么地方。也可能因为害怕被杀害，所以躲到了远离东京的某个穷乡僻壤？这么一想，北大路就感觉腋下渗出了冷汗。

他从巨大的红木桌子上拿起电话听筒："给我叫滨田。"然后就搁下了电话。接着，他抓起遥控器，打开了桌子对面那台六十五英寸的等离子彩电。午间新闻刚刚开始。北大路坐到意大利制的高级皮沙发里，认真地看着电视。

新闻先是提到在日美军基地令总理无所适从，接着进入夏季选举话题，然后开始报道扎扎伊的反政府武装相关新闻。

反政府游击队和军队的冲突愈演愈烈，今天军队发射炮弹，又造成了十余名平民的死伤。该国的独裁者奥卡斯总统迫于美国及邻国压力，可能很快要举行任期内的全国大选。

此时传来了敲门声。

“您找我吗？”

滨田司朗出现在门口。正是押解麒一去挖尸体的那个“山田次郎”。他是北大路手下中最擅长使用暴力的一员，也是一直以来最受北大路信赖的，从不失手的强悍部下。但这次不一样。那小子就是在他手上逃掉的，还抢了至关重要的尸体！这个责任可了不得啊！

“进来。”北大路边说边指了指沙发。

电视新闻转到最近美国总统即将访日的话题了。北大路用遥控器关掉电视。

滨田朝他深鞠一躬，坐到沙发上。

北大路问道：“情况怎么样？”

滨田苦着脸说：“已经派人去调查麒一手机联系簿里所有的联系人了。”

“我们的时间可不多了！”

“我知道，一两天内就会出结果的。对方不是有组织的，而是单枪匹马，他藏不了多久的。”

“要是他躲在便宜的小旅店或是网吧里呢？”

“他抢走了尸体，转移并不方便，肯定就躲在某个地方避风头。”

“你真有把握一两天里能找到他？”

“那小子抢了我和猿川的手机，我的手机带 GPS 追踪的，估计他是扔了或是关机了。我一直在给猿川的手机打电话，当然他从来不接。不过……”

“什么啊？”

“他肯定会打回来的。我敢肯定。那小子就是这种人。”

“你好像很了解他啊？”

北大路面带嘲讽，但滨田却点了点头。

“现在石川麒一掌握主动，他不是那种会浪费有利形势的人。他会好好利用的。”

“你是说，他不会就这么销声匿迹，反而会主动联系我们？”

“没错。”

“你太高估他了吧？不过是一个二十岁的毛孩子啊？你也说了，他没有组织撑腰，能有啥作为？”

“石川如果那么好对付，现在他肯定已经被我们埋在山里，我们已把尸体安全带回。”

“哦，也就是说，这次的失败原因不在于你的疏忽，而是因为对方太狡猾？你是这个意思么？”

“我没有任何疏忽。”

北大路苦恼地叹了口气：“唉，看来我雇错人了。”

“我虽然不曾疏忽，但的确没想到他是这么难搞的对手，您放心，下次我一定搞定他。”

滨田流露出愤怒和屈辱的表情。

“总之，首先要把尸体夺回来。其他的事我无所谓！”

桌上的电话响了。北大路和滨田对视了一眼，然后起身拿起听筒。

“外线一号线，有您电话。”

是秘书的声音。

“是谁打来的？”

“我问过了，但他不肯说。只是说，如果不给他转接，肯定会被高领西装骂……”

“转进来。”

“请稍等。”

电话转接的音乐响起，北大路屏住了呼吸。

“我是北大路。”

“你府上最宝贝的小姐在我手上。”

对方的声音嘶哑模糊，似乎用手帕捂着嘴在说话。

“什么？”

“你要想她平安无事，就按我说的做。”

“别开玩笑了，我没有女儿！”

“可能是比你孩子更重要的人哦！”

这次的确听出来是石川麒一的声音了。

“嘿嘿，我还真想尝尝当绑架犯的滋味。”

“你是想叫我支付赎金？”

“那要看你了。要是不想要，我也可以丢了它。”

“老老实实还给我，对你有好处！”

“我不明白你的意思。”

“赶快还给我，就能保住小命。”

“哈哈哈，你有没有搞清楚状况？知道现在谁说了算么？”

“你的小命可是好不容易捡来的，最好小心点！”

“唉，你要是态度再这么不礼貌，我可要生气啦。”

“只要我愿意，随时可以干掉你！”

“哈哈，只要我愿意，随时可以丢掉这具尸首哦！”

“小子，不要再惹我生气了！”

“好的好的，你不要它了是吧？那再见！”

“等等！小子，说出你的条件来！”

“啊，你终于老实了。那这样好了，先给我准备一千万。”

北大路暗想，一千万，还真是要求不高，到底是个孩子啊。

“可以！但要一手交钱一手交货！”

“喂，谁告诉你一千万就能换回尸首的？你也太天真了。”

“什么？！”

“当初约好要给我一千万的，对吧？先把那个钱付了再说。”

“别做梦了，臭小子！”

“喂，我现在可是一点都不相信你，也不想跟你这种不值得信任的人做交易。这一千万嘛，算是诚意金，等我拿到手之后，才会考虑给你个交易机会！”

“……”

“你当初答应给我一千万，但是你毁约不算，还想杀了我。别忘了，搞到现在这步田地，可都是你自找的。”

“那是因为你先违约！你当时打算逃跑！”

“喂，这种违背良心的话就别说了吧？你们从一开始就没打算让我活着回来，对不对？”

“……”

“怎么样？如果连一千万都舍不得，那就没啥好谈的了。”

“知道了。不过，我也有条件的。”

“少废话。你哪有提条件的资格？”

“什么？！”

“乖乖拿出一千万来，否则免谈。”

“……”

“怎么样？付不付钱？”

“一千万不算什么，但被你这种臭小子牵着鼻子走，让我很不愉快！”

“嘿嘿，还挺嘴硬的。”

“告诉你，我准备报警了，让警察去抓你！等你吃上十年牢饭，就会知道什么叫姜还是老的辣！”

“喂，这么做不太好吧？”

“无所谓！我们可没犯什么大罪，而且我早就准备了后路，如果警察来搜查，自有部下会去自首，我可以平安无事！”

“哇，你好厉害！到底是头儿，气势果然不一样。”

“怎么样？要么，就平等谈判，把尸体还我，要么，你就继续胡言乱语，等着丢掉小命，你选哪条路？”

“哈哈哈，我都可以啊！我可是无所谓的，但是，奥卡斯总统会怎么想呢？”

“！”

北大路倒吸一口冷气。心脏似乎停止了跳动。拿着听筒的手都在颤抖，不，他感觉自己的腿也在发抖，几乎要站不稳了！

这臭小子到底是什么来头！？是妖怪吗？！

2

就在石川麒一给北大路打电话的前一天晚上，猿川广迈着沉重的脚步，在半夜十二点左右回到了自己位于世家的一室户小公寓，这房子是北大路两年前分给他住的。

好累啊！身心俱疲。猿川打开门，走进屋里，开灯之后呆坐在客厅榻榻米上。

在鸭川条田综合医院停车场中，被麒一偷袭的一幕，总是浮现在脑海里，怎么也挥之不去。不仅仅感到愤怒和屈辱，他还深深感受到对自己的失望。被迫跪趴在地上，乖乖地束手就擒。当时甚至丝毫没有反抗的意图，心中充满对死亡的恐惧，害怕得差点惨叫起来。

要不是麒一问他手铐钥匙的事，估计他已经大声求饶了：我什么也没做过！没有伤害过你！饶命！饶命！

他也没指望滨田回来后能救自己的命，倒是很担心滨田和石川打斗起来，会波及自己这个无辜之人。只希望石川得到想要的东西，速速离开。至于滨田会遭遇什么，猿川丝毫不在意。

石川用电棍击倒滨田后，夺走装载着杉野尸体的车子，就此消失了。他不是逃命，而是粉碎了我们的计划，抢走了想要的东西之后，优哉游哉地离开了。这次的失败太彻底，那小子是个怪物，我猿川根本不是他的对手！

滨田能动之后，马上给猿川解开了绳子。他什么也没问，估计是看到了地上的醋瓶子和漂白剂，对当时的情况已经完全了解。两人回到医院里，与座刚刚接受了腿部紧急手术，他们拿了他的手机和皮夹，然后立刻向北大路汇报情况。

滨田没有添加任何矫情的解释，只是汇报了既成事实，北大路当然在电话里破口大骂，但滨田一声不吭，没有做任何申辩。

两人在医院的出租车站打了个车，前往安居鸭川电车站，然后乘坐 JR 外房线回到新宿，紧接着就开始搜寻石川的踪迹。

滨田的指示很简洁：逐一搜索东京都内所有的停车场，寻找被抢的锐志车。石川可以找到藏身之处，但要藏起一辆车，就没那么容易了。既不能收进室内，也不能随意停在路边，肯定是停到哪家停车场里了。

首先搜查石川租住的公寓及撞球吧周边的停车场，然后扩大到他祖宅附近的停车场，如果还没有踪影，就逐一搜查他手机联络簿上所有地址附近的停车场。

滨田亲自前往麒一的公寓去寻找新线索，然后准备调查保冷剂和干冰零售店。为了保存那具尸体，石川肯定得买些类似的材料——如果尸体腐烂发出恶臭，会有人报警的。滨田认为，石川可能需要购买大量干冰。

这次为了石川，所有人手算是倾巢出动了。很多人连猿川都不认识。滨田也懒得跟他介绍。或许是北大路认识的黑社会成员吧，这对于猿川来说并不重要。

这一天，猿川从早到晚，一直在停车场转悠。但他既不认为自己能找到那辆锐志，也并不想找到它。他根本不想再跟石川对上——这次再碰上石川，自己的小命也许都难保！

北大路和滨田也很可怕，但他们没有理由杀害自己。而石川却不一样。猿川想起在山里，石川从埋尸坑里抬头看自己时的眼神——当时他身处危险境地，眼中却全无畏惧，好像在说：我一定能活下来，然后把你们全干掉。

对啊，石川本来就是个杀人犯，北大路审问下来，他面不改色地承认杀了杉野清治，还埋尸荒山。杀人对他来说根本不算什么。猿川打心底不想再遇上这种可怕的家伙了。

明天一早还要去搜停车场。虽然已经筋疲力尽，却毫无睡意。猿川叹了口气，还是喝杯酒定定神吧。

突然，有微风拂过。

回头一看，阳台的窗帘在微微拂动。忘记关窗了？猿川走过去，却发现地上有一些玻璃碎片，旁边还有一根冰棒的木棍。

怎么回事？就在这时，房间的门开了。

“怎么这么晚啊？我都等得无聊了。”

石川麒一的声音！

“不好意思哈，你家厨房里的泡面被我吃了。”

猿川的心脏剧烈跳动起来，他几乎觉得自己要窒息了。他紧闭着双眼，害怕看到石川麒一。

“喂，你两只手抓着窗帘，别动。乱动的话，我手上的家伙可是会发出吓人的声音哦！”

石川正用左轮枪对着猿川。不过猿川根本就没有任何反抗的意图，他乖乖走过去，抓住窗帘，低下头，两腿稍稍分开。

“嗯，很听话。说不定我们能相处得不错哦。”

石川的声音就在身后。猿川居然感到一点欣喜，他甚至希望石川多表扬自己几句。

石川迅速地搜了他的身，然后退后，对他说：“你把手放在脑后，两手交叉。”

猿川照做了。石川用尼龙绳捆住他的双手。这种尼龙绳其实是用来捆扎电器上各种电源线的，所以韧性极强，石川曾经在美剧里看到美国警察在手边没有手铐时用它来绑犯人。眼下，尼龙绳已经勒进猿川的手腕，看起来的确绑得非常牢固。

“好了，放松点吧，找个地方坐下聊聊。”

石川反客为主，颇为热情地招呼着猿川。猿川慢慢离开窗边，在地上缓缓坐下，背靠着墙。

石川也坐在房中矮桌上，俯视着猿川。不锈钢制的左轮手枪插在裤腰上。

“我不想杀人。只是有点事要问你。”

听起来不像是在说谎。猿川松了口气。石川看来还是很理解自己的，虽然他让自己受了不少罪，但至少现在不会动手。

“只要你好好合作，回答我的问题，就能很快获得自由，我也能很快从你这离开。这样不是双赢么？”

对，完全正确。我绝对不会反抗的。

“不过呢，如果你不肯合作，我可就要不高兴了。我可能会想起昨天不愉快的经历。然后呢，会做出些比较残酷的事情。”

猿川背脊上冒出了冷汗。别这样！你的眼神好恐怖！笑一笑吧！求你了！

“刚才我在厨房找到把水果刀，很锋利的。另外我在抽屉里还发现一根冰镩。你最好别逼我动用这两样东西。”

“那不是水果刀，是切茶砖的刀。”

猿川总算开口了，声音嘶哑。

那把茶砖切刀可不是量产的便宜货，而是德国索林根刀具匠人的手工作品。猿川自己又小心翼翼研磨多日，才变得锋利无比，削铁如泥。茶砖切刀和冰镩都是猿川年轻时当调酒师学徒时从师傅那里得到的，也是他最心爱的宝贝。

“我会好好合作的！你问什么我就答什么，请你相信我吧！”

听了猿川的话，石川微笑起来。笑容阳光灿烂。

“我要知道那个穿高领西装的老头是什么人，为什么一定要杉野的尸体？”

如果把答案告诉眼前的石川，滨田会杀了我的！但是，石川比滨田还要可怕！不光是可怕，猿川现在对石川产生了一种崇敬之情，不希望招他厌烦。因为他知道石川有多强悍，回答他的这个问题，对于猿川来说，并非受胁迫不得已而为之，反而有点支持和声援的感受。

石川的外表很普通，就是那种二十岁上下的小伙子。并不帅，但很精干。笑起来显得有点孩子气，还蛮亲切的。他中等身材，不过肌肉非常结实，有点像轻量级拳击手。看上去，他并不恐怖，甚至有点乳臭未干，可是，他实在是表里不一啊。绝对的厉害角色！

猿川一直觉得所谓“硬汉”，指的是肌肉异常发达，身体坚硬如石的高大壮汉。看来，这种印象并不靠谱。真正“硬”的是精神。石川就是一条硬汉。对于这位小自己近十岁的硬汉，猿川已经产生了敬佩之情。

“那，让我跟你一起干吧。”

猿川突然说。反正，北大路那里是回不去了。

“啊？”

石川表情惊讶。

“你说真的？”

“真的。我想跟你一起干。你这种汉子，我喜欢！值得我跟！”

猿川感到热血沸腾。全身都洋溢着从未有过的兴奋和激动。

“这话有点儿恶心啊。”

石川退了几步。猿川有点尴尬，羞愧得脸也红了。

“不用了，我不需要跟班。”

石川对他说。石川是个优秀的人。因此他的拒绝令猿川很不好受。这种心情，类似于向喜欢的女性告白，却被一口回绝的时候。

那我就回老家去吧！猿川想。反正我不适合这样的社会。只有石川，才有可能登临顶峰。我把知道的一切都告诉他，然后赶紧逃回老家去吧。今晚就打包好行李，明天坐早班车回老家宫崎！

"那个穿高领西装的，叫北大路。"

猿川开始招供。

"他姓北大路？名字叫什么？"

"良雄。"

"良雄？北大路良雄？"

下一秒，石川大笑起来。

3

北大路哑口无言，呆站着不动。拿着听筒的手在微微颤抖。

滨田从沙发上站了起来。他很想知道石川对北大路说了什么。但直到他拍了拍北大路的肩膀，对方才如梦初醒地回过头来，并马上用手挡住了话筒。

"有人透了消息给那小子！我们当中出现了叛徒！"

滨田问："他知道了些什么？"

"奥卡斯总统。"

"！"

滨田也大吃一惊。知道此事的人，在北大路的部下中也为数不多。他从口袋里取出手机，马上拨了猿川的新号码。结果，却传来"此手机已关机"的语音讯息。他从北大路手中抢过电话，大吼：“你对猿川做了什么？！”

石川笑着打招呼：“啊，是山田次郎君啊。”

“猿川在哪里？！”滨田压低声音。

“大叔，听说你真名叫滨田，对吧？编个假名骗人啊？”

“回答我！猿川在哪里？”

“命令我？你有资格命令我吗？我现在可没戴着手铐！”

“……”

“我不跟狗腿子说话，叫良雄听电话！”

“一千万，怎么给你？”

“哈哈，你好像总算明白自己的处境了。记住了，顺便把我的手机也带来。”

“知道了。我们非常着急，越快越好！”

“和我无关，我要按照自己的节奏做事情。”

“尸体保存得怎么样？如果腐坏了，对我们来说就没有价值了！”

“放心，不会坏的。”

“你用什么冷冻的？”

“唉，又套我话？想找点线索抓住我？”

“我只是担心尸体会坏掉！”

“一千万不到手，我是绝对不会回答你任何问题的。”

“随时可以给你！现在也可以！”

“你有没有胆量独自一人送钱过来啊?”

“少废话，告诉我地点?”

“你把现金和我的手机放在手提袋里，开车出来就是了。准备好了，就给那尖嘴猴的手机打个电话，通知我。”

“你对猿川做了什么?”

“再见。”

电话挂了。滨田放下话筒，转身对北大路说:“请准备一千万现金。我马上出发。”

“地点?”

“还不知道，估计他会让我开着车转悠，直到他认为安全为止。”

“混蛋!你有什么打算?”

“没有。我认为还是把钱先给他，这样才好继续交涉。”

“就这么白送他一千万?!”

“请您把这些钱看成早点拿回尸体的手续费吧。最重要的是别浪费时间。”

“要想拿回尸体，那小子肯定还得问我们要钱!”

“是啊，那时候估计他会问我们要上亿日元了。”

“你觉得这么多钱，我也得老老实实付给他?”

北大路目光凶恶，盯着滨田。

滨田回答:“会长，那要看您的意思了。您刚才说了，要优先考虑如何拿回尸体。”

“……”

“您想想，上亿日元跟拿回尸体之后您所赚的钱相比，也不过九牛一毛吧。”

“说得倒轻巧！要不是你的失策，这件事怎么会闹到这步田地！是你造成了上亿日元的损失！你打算怎么弥补？”

“要不，我辞职？”

“……”

“还是需要我拿这条命赔给你？”

“我希望你做出与损失相应的贡献！”

“这次我的确有责任。您放心，我一定想办法弥补。”

“怎么弥补？”

“首先拿回尸体，然后夺回被石川拿走的钱，接着杀掉他！”

“你办得到？”

“一定！”

“知道了，我马上叫人准备现金。”

北大路伸手去拿桌上的电话。

“那我去做准备了。”

滨田说完，转身向门口走去。

“等等！”

听到北大路叫他，滨田停步，转过身来。

“你的后脑勺秃了一块，大小跟一元硬币差不多。你没发现么？”

滨田不由得伸手摸了摸脑后，他还真的一点都没发现。

“是不是那小子的事情，压力太大？”

滨田一声不吭，离开了房间。强烈的屈辱感令他的手都在微微颤抖。

手下准备好了一辆旧款赛欧，副驾驶座位上搁着一个手提袋，里面装着一千万现金和石川的手机。袋口用胶带封住了。

滨田坐在驾驶座上，给猿川的手机拨了个电话。石川立刻接起："都准备好了？"

“嗯，我往哪里开？”

“你现在在新宿吧？沿着青梅大街，朝西开。过了环八再给我打电话。”

看来石川根据北大路的固定电话号码，已经查到了他们的办公地址。当然，也可能是从猿川那里问出来的。滨田发动了汽车。

不知道猿川怎么样了。石川真是个可怕的家伙啊！大家在拼命搜寻他，都以为他肯定躲在哪里不敢现身，没想到他不但不躲，居然还有胆子袭击猿川。滨田想，自己太轻敌了。他怒气冲冲，心中责备着自己的疏忽大意。

滨田现在实在无暇顾及猿川的安危——反正应该没死吧！如果石川想杀人，当时在鸭川的医院，他们俩早就没命了。

在靖国大道转往青梅大街。石川想在哪里碰头呢？进入环八，就是杉并区了。也就是石川老巢的所在地。然后继续开，会到达练马区或武藏野市。又或者，他还在更远的地方？

石川肯定要在确认滨田真的是单枪匹马孤身一人之后才会现身。也可能他这次根本就没打算出现在滨田面前。他警惕性很高，为确保自己能拿到钱，事先一定已经计划周详。再说，有很多办法可以偷偷把钱拿走，却不必现身。

滨田一边开车一边疑惑：为什么他要我去送钱？

如果石川的目的只是安全拿到一千万，并不需要指定送钱的人。事实上，对他来说，别人或许比滨田更安全。滨田想到这里，突然感到全身起了鸡皮疙瘩："他的目标难道是我？"

与座在山里就被石川用铁锹给放倒了，猿川受袭。当初想杀他的人里，就只剩下滨田一人了。

小子让我独自开车去送钱，莫不是要绑架我？滨田越想越担心。无论是对试图杀他的行为的报复，还是为了下一步交换尸体时排除障碍，石川都有足够的理由这样做！绑架之后就是撕票！滨田心想，我得做好对付他的充分准备！自己和与座、猿川不同，万一被石川敲昏绑架了，肯定难以生还！

赛欧经过了一个十字路口，滨田拿出手机，按下重拨键。

“过了环八了。”

“哇，动作挺快嘛。路上不堵车吧。继续开，到了练马再联系我。”

电话挂了。看来石川并不打算在他的老家杉并区下手。练马啊，滨田心里涌起不祥的预感。到练马之后，可以从大泉上高速。无论是外环高速车道还是关越高速车道，经过千叶之后就是崎玉，难道那小子打算把我骗到崎玉的深山里去？臭小子，别得意得太早！滨田恨得咬牙切齿。

如果石川想绑架我，我当场就把他干掉！滨田心中暗想。虽然那具尸体能给北大路带来巨大利润，但我可不想为此送命，我对北大路的忠心可没到那么高的境界！臭小子，你可别以为仗着有尸体在手，我就不敢杀你！

突然，滨田脑海中灵光一闪：石川企图绑架我，我为什么不能绑架他呢？到时候见机行事，或许能翻盘！

驶过井草八幡前的路口之后，就是练马了。

“继续开，关町路口前左转，笔直开，看到一家汉堡餐厅之后，转到五日市街道，再联系我。”

不是在练马。关町路口左转后不久，就到了武野市。再往前是吉祥寺了。滨田预感到目的地已近，但是，他能在吉祥寺的大街上做什么呢？

必须要小心电棍。自己在按照石川的指示行动，敌暗我明，如果一露头就吃了一棍，可就全完蛋了。如果石川叫我停到某个停车场，然后下车到某地去，很可能我一下车就被他用电棍敲昏，连人带车肯定都得任他摆布了。

滨田在鸭川医院里首次领教了电棍的厉害，此时他暗自后悔没有随身带一根过来防身。

右前方出现了汉堡店的招牌，滨田在红绿灯那里左转，进入一条窄路，GPS 屏幕显示，前面的横马路就是五日市街道了。滨田心想：不能光跟着石川的指示开车了，得掌握主动权！

过了四轩寺后，他给石川打了电话。

“过五日市街道之后，右边有个第一酒店，你把车停在酒店地下车库，然后上来到大堂。到了之后再给我打电话。”

果然是停车场。说是让我去大堂，其实早就埋伏好了，准备在停车场袭击我吧！

滨田把车停在第一酒店地下车库入口附近，打量着周围环境，发现酒店大门正对着一家咖啡馆。他拿着装钱的纸袋下了车。

打开咖啡馆的门，立刻有个围着围裙的女子说了句：“欢迎光临。”

“我和人约了在这里见面，但现在有急事要离开一会儿，等一下有个叫石川的年轻人会过来，你能帮我把这个给他吗？”

滨田把纸袋递过去，同时还递过去一张折好的千元钞票。

"哦，这个不用了。我明白了，转交石川先生。"

女子微笑着接过纸袋。

"哦，你不用客气。拿着吧！"滨田把千元纸钞硬塞到她手里，转身离开了。

回到车上，他立刻发动汽车，左转四次之后回到吉祥寺大道，停在原来停车处的后面。

滨田从储物箱里取出一只小巧的望远镜，对着那家咖啡馆调节着焦距，直到能看清行人的容貌。然后他拿出手机拨打电话。

"喂，停车场满了，停不进去。"

听了滨田的话，石川惊呼："不会吧？！"

"喂，我不想再任你摆布了，也懒得再跟你多废话。钱放在酒店对面那家咖啡馆里了，你愿意什么时候去拿就什么时候去吧！"

"啊？你回去了？"

"有什么意见么？除了拿钱，你还有啥别的目的么？"

"没有没有，不过你大老远来一趟不容易，我还想请你喝个茶什么的呢。"

"少废话，我可没那闲工夫！"

滨田挂了电话，举着望远镜守株待兔。他猜测，石川应该很快就会去拿钱了。因为时间过得越久，这周边被包围的可能性就越高，石川肯定希望尽快拿到钱，然后逃之夭夭。

正如他所判断的那样，石川很快就从酒店的自动门里现了身。他东张西望，看起来很警觉，但似乎并没注意到这辆停得很远的赛欧。

变成绿灯之后，石川一边左右张望，一边过马路，很快地走进那家咖啡馆，又很快地拿着纸袋出了门。他的表情仍然很警觉。滨田发动了汽车，狠踩油门，强行超车之后，冲向正在等红灯的石川。

石川的身体被撞飞，他落下时砸在赛欧的挡风玻璃上，又从左侧滚了下去。滨田在撞他之前急踩刹车，赛欧发出刺耳的声音停了下来，此时车子已经完全闯入人行道。滨田打开门，冲了出去。

后面的汽车在拼命按喇叭，行人都止步观望着，但并没有人靠近。滨田拔出左轮枪，指着石川。石川倒在地上，表情痛苦。滨田一边用枪指着他，一边迅速搜身。

他身上没枪，滨田只找到一根电棍。于是他打开开关，狠狠地在石川肚子上敲了一棍。石川的身体被电击得跳了跳，然后就软瘫下来。

滨田把电棍放进口袋，左轮枪插在裤腰上，然后用力把石川拖进车里。纸袋掉在地上，有几处还摔破了，不过好在里面的钱没有飞出来。他捡起纸袋，扔进后座，然后关好门，准备上车。

就在此时，酒店正面的玻璃门里，冲出一个穿白色婚纱的女人。微风吹拂着她的头纱和裙摆，看起来简直像一幅电影画面。

滨田无心观赏，打开驾驶座边的车门，弯下腰正要上车，突然感到后脑勺被人用硬物顶住了。他马上意识到那是左轮枪的枪口。滨田反射性地握住腰间手枪的枪柄，但对于现在这个状况还是有点摸不着头脑。

“扔掉枪！”

是女人的声音。从她身上还传来好闻的味儿。

“大姐，你是石川的同伙？”

滨田问道。但那女人并不回答。

“哇，大叔你后脑勺秃了一块，有十元硬币那么大。我帮你挡住怎么样？”

说着，她把枪口对准了滨田的后脑勺。听到她打开保险的声音，滨田大气也不敢出。

他慢慢从腰间拔出左轮枪，扔进车里。就在这时，那女人猛击他的后脑，然后飞快地钻进驾驶室，关上门，发动了汽车。

她那长长的裙摆被门夹住，露在车外，赛欧很快就左转，消失在滨田的视线里。

那女人是谁？！

滨田离开现场后，马上联系部下：“是我，现在在吉祥寺。马上给吉祥寺半径十公里以内的所有有外科的医院打电话，问问看有没有个被车撞了的年轻男人入院。马上！”

挂了电话后，他又马上联系周围的线人，好在旧手机里的联系人已经全部拷贝到新手机里了。

“喂，我是北王兴产的滨田。”

“哦，怎么了？”

“你好好听着，就刚刚，我的车在吉祥寺第一酒店前面，被个穿婚纱的年轻女人给抢走了。是一辆赛欧。谁能抓到这女人，我就给他一千万。”

“哦……”

“尽快帮我把这消息传出去！”

“放心吧，我马上给情报网上所有的线人群发短信。”

“要能找到那女人，我另外给你一百万。”

“呵呵，这买卖不错。交给我吧。拜拜。”

“好。”

滨田挂了电话。

4

北大路简直不相信自己的耳朵，滨田说的是什么啊？

“你说什么？一个穿婚纱的女人？”

“应该是石川的同伙，这是唯一的解释。”

滨田回答。看上去一点也不像在开玩笑。

“为什么穿着婚纱？”

“不知道。”

“你干嘛用车撞那小子啊？”

“我觉得那是个抓住他的好机会。”

“你出发前不是说最好老老实实把钱付了么？！”

“但只要有机会，就应该抓住他啊！”

“所谓的机会，就是光天化日用车去撞人？”

“他也没想到我敢去撞他，所以很快就被我抓住了。”

“目击者很多吧？”

“正因为周围人很多，所以才能出其不意地抓到石川啊。”

“然后呢？穿婚纱的女人突然出现了？”

“是的。”

“那女人拿枪对着你后脑勺……那块秃掉的地方？”

“她说，我帮你挡住怎么样……”

“然后女人抢了车，逃跑了？没错吧？”

“是的。”

“你觉得我会相信吗？”

“这是事实！”

“……”

“您觉得我像是在说谎吗？”

“不，我觉得你好像发神经了。”

“听起来好像很疯狂，那是因为那女人穿了婚纱。发神经的并不是我。”

“为什么穿婚纱呢？”

“不知道。您要是好奇，去问石川吧。”

“那小子要是死了怎么办？尸体可就拿不回来了！”

“他没死，最多腿脚骨折而已。”

“但他肯定被激怒了！可能再也不和我们做交易了！”

“激怒他也没错，否则我们总是被牵着鼻子走。”

正在此时，桌上的电话响了。北大路立刻拿起听筒。

“外线一号有您电话。”

“谁？”

“就是上次那个。”

“接进来。”

北大路吞了口唾沫。

“我是北大路。”

“你们到底想干嘛？”

石川的声音。很明显他生气了。

“那不是我叫他做的。是滨田自作主张！”

“啊？”

“非常对不起。你身体怎么样？”

“你有啥资格问我身体怎么样？”

“你不是被车撞了么，听起来没什么大问题，所以我也就放心了。”

“被车撞了？你说什么啊？”

“啊？是滨田说……”

“叫那大叔动作快点，什么时候才能把钱送来啊？”

“嗯？”

“你们到底在想什么啊？不想要尸体了么？”

北大路看了看滨田，他想要听清电话，站得很近。

“您别被那小子骗了。”滨田小声说。

“等等，让我想想，你说你没拿到那一千万？”

北大路问道。他觉得自己好像是个傻瓜。

“当然了！哪有人送钱来啊？你们不是有啥阴谋吧？！”

石川说道。北大路找不到任何理由认为他在说谎。

“你也没被车撞？”

“喂，你究竟在说些什么啊？我现在毫发无伤！”

北大路犹豫了一下，还是下决心问石川：“那个穿婚纱的女人，是你的同伙吧？”

“啊？什么意思？你脑子进水了吧？”

就知道会被他嘲笑。不是脑子进水，怎么会相信这种怪事？

“哦，没什么，就当我没说过。再合作一次怎样？”

“不要叫滨田过来了，我不相信他了。”

“知道了，我也有同感。”

北大路不由得叹了口气。过了一会儿，石川的声音变得柔和了一些：“大叔，你也真不容易啊。”

“是啊是啊，我已经没什么时间了，就想尽快解决这件事。”

“我也想啊，谁愿意一直跟尸体待在一起啊？”

“那你能否痛快点，把想要的钱一次性拿走？”

“我也在考虑这个问题。再重复一次的话，太浪费时间了。”

“谢谢，谢谢，我会记得你这个人情的。说吧，想要多少？”

“五亿。”

“五、五亿？！也太夸张了吧？”

“我可听说那具尸体能给你带来上百亿的利润哦！我只不过要了百分之五，消费税的水平而已！而且，我认为自己有足够的权利要五亿元！”

“你可能误会了！那具尸体换不来一百亿，它只是个能给我带来好机会的工具而已。”

“那是你的事，和我无关。你考虑一晚上吧，明天一早我会再打电话过来。”

电话挂了。北大路按了内线键，吩咐秘书：“赶快联系栩野，叫他尽快到我办公室来。”

“明白了。”

北大路放下电话，在屋里踱着步。

滨田问他："那臭小子说他没拿到一千万？"

北大路走到沙发边坐下，指了指对面的沙发，对他说："你先坐下。"

滨田仍然站着回话："他跟你要五亿元，对吗？"

"叫你坐下，没听见吗？"

滨田终于依言坐到了沙发上，北大路尽可能温和地说："你放个假，休息一段时间吧。"

"石川那小子一派胡言！"

"你最近太辛苦了，那啥，不是连后脑勺都秃了？"

"您不相信我？"

"这几天你基本是吃不下睡不着的，今天晚上喝上两杯，好好睡一觉吧。"

"您的意思是说，宁愿相信石川，也不信我？"

"我同时得到两个截然相反的信息，怎么判断是我的事。"

"会长，我的任务是，当您判断出错时帮您纠正过来！"

"话虽如此，但是否要听你的，由我自己决定。"

"……"

"我以前见过一个人，他当时的状态跟你现在差不多。"

"您认为我现在是什么状态？"

"那个人，后来被诊断为精神失常。"

"我很正常！"

“哼，无论是正常人还是神经病，起码有一半人会这么说！”

“……”

“你也别误会，我没说你精神失常。只是觉得你最近太疲劳，让你好好休养。”

“您想让我退出，叫栩野代替我？”

“栩野以前当过刑警，即使没负责过类似的案子，应该也接受过应对训练。”

“他本来不过是个公务员，没啥用场的。”

此时响起了敲门声。

“请进！”

门开了，进来的是栩野英嗣，照例西装革履，打着领带。

此人三年前被逐出警察队伍，但穿上制服还是显得正气凛然。他们一开始去追捕石川时，也是由栩野冒充警察，骗对方上钩的。

栩野面带微笑：“您找我有什么事？”

他虽然笑容满面，但总是给人一种傲慢之感。

“滨田从今天开始休假，你代替他当总指挥吧。”

北大路说道。

“哦，您放心，都交给我吧。”

栩野充满自信地点了点头。

5

滨田落寞地离开了房间。栩野坐到了北大路对面的沙发上。

“现在有什么进展？”

“石川要五亿日元。”

北大路苦着脸说。

“五亿？这次真是狮子大开口啊。”

“你怎么想？”

“那小子到底是个雏儿。他肯定不知道五亿现金有多重，有多大体积！一个人是根本无法独自搬运的。”

“他不一定是一个人。”

“还有同伙？”

“不清楚，但有这可能。”

“的确，但无论如何，五亿也太多了点。”

“他已经知道奥卡斯总统的事了。好像是绑架了猿川，逼他说的。石川说五亿元相当于消费税。”

“哈哈，要是我们国家的消费税低一点就好了。”

“别废话了，你打算怎么办？”

“只能给他钱了。”

“给他五亿？就这么毫不抵抗，乖乖送钱给他？”

“这次可以参照普通的绑架案，最优先的是解救人质啊。”

“我知道，我知道！但至少要跟他还还价吧。他可能也打算先开口要个五亿，然后我们还还价，最后收个两三亿就满足了。”

“他只要不是傻瓜，从一开始就不会打算把五个亿全部拿走。”

“什么意思？”

“如果我是他，可能只打算拿到一亿。为了避免被人监控和事后跟踪，我会故意要求五亿巨款，叫你们把钱分成五份，放在五个地方。这样可以分散对方人手，便于我跑路啊。只要顺利拿到一个亿就算胜利了。”

“的确不错。”

“所以，还价应该很难。三亿就只能分放三个地方，两亿就是两个地方。对他来说风险提高了。”

“……”

“我们要先确保石川能安全拿到钱，这样那具尸体很快就能回来了。如果他感觉到危险，肯定是舍钱保命的。到那时，您觉得尸体还回得来吗？”

“我懂你的意思了。不还价，也不设埋伏，全都听从那小子的。”

“这件事跟普通的绑架案只有一点不同，就是我们已经知道犯人是谁。所以不一定非要在交付赎金的时候抓人。只要人质回来，我们以后有的是时间追捕石川，拿回赎金。”

“不错。”

“请您尽快准备现金吧。我希望能顺利达到我们的目标。”

“没办法，明天一早我就叫人去取钱。”

北大路深深地叹了口气。

栩野心情很好，手指一直在方向盘上敲着轻快的节奏。

他就快到家了，心想今晚可以好好喝一盅。

杉野清治的尸体对于北大路来说是个发财的好机会，但对于他栩野来说却并非如此。好在眼下有了转机，老天也开始给他机会了！以后，也许他就不用在滨田这种混混手下苦熬日子了。

他早就听说，北大路良雄从年轻时就参与过国吉会黑社会组织放高利贷的“业务”，后来他自立山门，主要从事银行诈骗、网站诈骗和相亲诈骗，但最大的发财机会却刚刚送上门来：他的高中同学奥卡斯在四十多岁时，因缘际会，竟然成了扎扎伊共和国的第一任总统！

奥卡斯生于扎扎伊，母亲是日本人，父亲是政治家，他在日本度过了高中时代，后来上了早稻田大学。但大二时突然退学，数月后因暗杀父亲政敌的罪名被投入监狱，虽然他本人从未认罪，但还是被判了十几年徒刑。后来大赦回家时，已经年过三十。

扎扎伊是处于越南、老挝和柬埔寨包围之中的东南亚小国，拥有丰富的天然气资源。王族占据了所有财富，国民十分贫困。

获得自由之后，奥卡斯打着推翻王权的大旗投身革命运动，战斗了十年之后，终于建立起扎扎伊共和国。

虽然高中时代，他和北大路并非至交好友，但北大路打算借着同班同学的身份接近这位总统，奥卡斯在独裁统治的道路上越走越远，跟北大路的利益也渐趋一致。

二人开始从事国家级别的洗钱。

具体说来，就是日本的犯罪组织把违法所得通过开曼群岛汇入扎扎伊，通过当地的政府金融机构及国营企业进行洗钱。栩野虽不清楚他们的具体做法，但他知道北大路和奥卡斯通过这种方法赚取了难以想象的巨大利润。

但是，北大路在这种关系中的地位，只不过是日本的一个资金窗口。大部分利润流入了奥卡斯的口袋。而且奥卡斯利用总统身份贪污受贿，也大发横财。最后，他居然在被称为“独裁者保险箱”的瑞士银行，拥有了自己的匿名账户，其中存款竟然高达八亿美金。

但是，二〇〇一年“九一一”恐怖袭击之后，美国呼吁全世界金融机构封锁恐怖组织的资金来源，洗钱行为越来越难，事态发生了变化。扎扎伊拒绝了其他国家的反洗钱协议，因此美国针对扎扎伊的金融监管越来越严格。北大路不得不考虑利用俄罗斯和巴西的民营企业继续他的洗钱业务。

奥卡斯仍然对美国及邻国的压力视若无睹，但在野党通过调查了解到他贪污受贿敛财无数的行为，并公之于众，扎扎伊国内爆发了反政府游行示威活动。奥卡斯继续用暴力武装镇压人民的反抗，事态进一步恶化。他明白如果被迫进行民选，自己肯定会被轰下台进监狱的，到那时，瑞士银行里的八亿美金也会被新政权没收，自己就一无所有了。于是，他决定逃出扎扎伊。

可是，要怎么做，才能万无一失呢？政治避难的话，下半辈子无法自由自在地生活，必须给自己换个身份才行！

此时，北大路出了个好主意。北大路在新宿偶尔看到流浪汉杉野清治，惊讶地发现对方竟然长得和奥卡斯一模一样。

杉野清治比奥卡斯小五岁，但体格面貌完全能以假乱真。北大路当时就想：如果给他剪了头发，剃掉胡子，再晒黑一点，连我都分辨不出谁是真的奥卡斯啊！

于是，北大路收留了杉野清治，给了他一套公寓和生活费。然后，又为他剪头发剃胡子，拍了照片寄到扎扎伊。

奥卡斯见照狂喜，立刻同意北大路的计划：叫杉野清治持护照进入扎扎伊，自己拿着这本护照回日本去。然后，奥卡斯就能以日本人杉野清治的身份生活下去。奥卡斯本来就在日本度过了自己的青少年时代，非常希望能在这个国家终老。而扎扎伊人，将会发现杉野清治的尸体，一了百了，谁也无法继续寻找奥卡斯贪腐得来的钱财。真是个好计划啊！

为了让杉野清治能完全代替奥卡斯，北大路进行了周密的准备：他将杉野清治的指纹和齿科资料寄往扎扎伊，替换掉奥卡斯的信息；他为杉野清治制造了和奥卡斯完全一致的痣相，还在杉野清治臀部造出和奥卡斯如出一辙的枪伤痕迹。

作为这个计划的回报，奥卡斯把八亿美金的洗钱业务交给了北大路。因为，瑞士银行转账进日本国内账户的话，需要纳很高的税，而且国税当局会追究巨款来源。

北大路得到业务后非常欣喜，要想把八亿美金洗干净，洗得能在日本自由使用，他至少能获得上百亿日元的利润！

上个月底，扎扎伊情况恶化，奥卡斯通知他要做好一切准备，北大路立刻叫杉野清治去办个护照，并告诉他："需要你去国外办点事。"

杉野清治是个粗暴之人，经常酗酒，稍不顺心就暴跳如雷。似乎除了捡来的那两只猫，对谁都是无情无义的。但他却又欺软怕硬，对北大路及其部下言听计从。他一直很听话地随时随地报备行踪，但某一天，他突然无故外出，并丢了性命！

或许，他也和石川一样，认为北大路可能偷偷地给自己买了高额人寿保险，想骗自己出国，然后杀了自己，骗取保险金，所以逃之夭夭——还带着两只猫。杉野清治和石川之间发生了什么，栩野一点也不知道。但杉野清治肯定是死了。奥卡斯勃然大怒，事到如今计划无法取消，但北大路到哪里去找能代替杉野清治的人呢？

反正杉野清治到了扎扎伊，也是死路一条。他们需要的只是那具尸体。只要有了尸体，奥卡斯就不会有意见。

即使没有杉野清治的护照，奥卡斯也有的是办法进入日本，他可是个独裁者，弄本假护照是小意思。但离开扎扎伊的时机很重要，因为国民都知道他的长相，目前也有人放风说他想逃亡国外，肯定不能大摇大摆出国去。

必须让他们先发现尸体！因此，当务之急是通过驻日扎扎伊大使馆，将杉野清治的尸体以“外交机密物”的名义运回国去！

可是，现在尸体的下落，只有石川知道。

本计划的扎扎伊方面负责人——共和国陆军特种部队诺尔尼多上校已经来到日本。杉野清治之死虽然出乎意料，但他并不在乎，他只是每天拼命催促北大路尽快交出尸体，弄得北大路有苦难言。

总不能告诉对方，尸体被一个开着小撞球吧的毛头小子给抢走了吧！必须尽快找到尸体！那可意味着上百亿日元！

但，这一切对于栩野来说都毫无意义。毕竟都是别人的钱。上百亿日元，对他来说也只是个遥远的数字而已。

对于栩野来说，有意义的是，五亿。

6

上午九点多，石川来电话了。

“是石川？”

这次接电话的是栩野。

“你谁啊？”

“卡拉 ok 厅里见过面，我是那里的第四个人。以后滨田不去烦你了，由我和你联系。”

“哦，你是那个假警察吧。”

“我本来就当过警察。”

“怪不得连我都上当了。你们现在怎么说？”

“就按你说的，五亿。现在还在准备现金。”

“很聪明，动作快点，否则浪费的可是你们的时间。”

“我们不打算和你争了，想老老实实做笔交易。”

“我也这么想。什么时候能准备好？”

“中午前后。最好今天就把钱给你。”

“我也这么想。”

“你把交易方式告诉我。”

“你把钱放在我那部公爵车上，我把尸体放在锐志上，开到约定的地方，确认对方车上有自己想要的东西之后，连车带货换过来。如何？”

“好的。”

“不要再做任何小动作了。”

“明白。”

“那我下午联系你。”

电话挂了。

“那臭小子说什么？”

北大路问道。

“和我预想的一样，让我们准备五个包，每个包里放一亿日元。估计会让我放在五个不同的地方吧。”

栩野放下电话，回身答道。

“果然被你猜准了，到底是当过警察的人啊！”

北大路作叹服状。

“那其中四亿很快就能收回来吧？”

“没错。”

“尸体怎么还给我？”

“他说拿到钱之后，会电话通知我们放尸体的场所。”

“是吗？”

“今天就能找到那具尸体了，您放心吧。”

“哦。”

“我去准备袋子和汽车了。”

“叫手下去准备吧。”

“我想在后备箱里做点手脚。”

栩野说完就准备离开房间，正在这时，滨田进来了。

“会长，我有事要汇报。”

北大路厌恶地看他一眼，滨田满不在乎，继续平静地要求：“我有事告诉您。”

“什么事，快说。”

北大路靠坐在沙发上，滨田看了栩野一眼，栩野微笑着说：“我有事要走了，您慢慢说吧。”然后他就离开了房间，一边走一边暗想：现在你再求北大路也没用了，失去信任的人，不可能再有机会！

栩野走到楼外，拿出手机给藤森商社打电话。这个商社位于大森下水处理厂附近，表面上是家普通的二手车行，但只要钱付到位，他们可以提供连警察都追查不到来历的车辆。

“谁？”这是藤森的声音。

“我是栩野。”

“以前那个警察？”

“对，给我准备一辆车。”

“要配套资料么？”

“要那种警察查不到的。”

“有辆皇冠，不过价格很贵。”

“就它吧。什么时候能拿车？”

“随时。”

电话挂了。

石川在下午三点又一次打来了电话。

“钱准备好了？”

“都好了。已经放在车里了。”

“现在就出发。先沿着甲洲街道往调布方向开，到高井户附近之后给猿川的手机打个电话。”

“知道了，马上出发。”

“再见。”

挂了电话，栩野转身对北大路说：“他说让我先上首都高速内环，然后会再联系我。”

“是吗。”

“那我出发了，我一定帮您把尸体夺回来。”

“那就交给你了。”

栩野鞠了一躬，离开房间。他走进会长专用电梯，按了 B2。

这座七层大楼的产权人就是北大路，六楼和七楼是北王兴产的办公室，其他楼层借给别的公司，地下一层是其他公司的停车场，而地下二层是北王兴产的专用停车场。平时一般停着七八辆运送现金的汽车。

公司里大多数员工外出办事时可以使用北王兴产名下的汽

车，但滨田和栩野等负责捞偏门的组织成员，则经常使用特殊车辆——那些用于抵债的并未过户更名的汽车，以便隐匿行踪。今天，部下为他准备了一辆丰田阿尔法特。

栩野来到地下二层，刚走出电梯，就看到那辆黑色阿尔法特已整装待发。他打开后备箱，看到里面那五只帆布袋，不由得吹了声口哨。

栩野钻进驾驶室，发动了汽车。他脸上带着无法抑制的笑容：太轻松了！多亏了石川啊。换挡、踩油门，阿尔法特慢慢驶离地下车库。

就这么销声匿迹吧，谁也找不到我！身边就是五亿现金！栩野心花怒放。那具尸体的事和我无关，北大路和石川，你们俩就斗去吧！

栩野三年前被开除出警察队伍，并不是他犯下了如何十恶不赦的大罪，只是因为勒索了几家有案底的公司。后来事情败露，他立刻就失去了工作，被北大路收留下来。

眼下这份工作，跟当警察的时候相比还挺轻松的。不用坐班，需要他出面时才电话通知一下，平时管理很松散，收入还比警察高不少。但栩野并不认为北大路对自己有何恩情，自己对他也没有丝毫忠诚之心。他只觉得要对北大路和滨田这样的黑社会成员卑躬屈膝，是一种屈辱。

虽然在这个组织里的生活并不那么愉快，但他一直在等待，等待着今天这样的机会。北大路经常动用大笔现金，而且都是黑钱，即使被抢了偷了，他也绝对不会去报警。

不用冒险，白得五个亿！栩野决定立刻去大森的藤森商社，换了车后就永远消失，警察是不会管的，北大路也不可能找到他——或许他甚至会以为栩野被石川杀了，钱也被抢了呢。

这钱来得太轻松、太容易了！笑意一直浮现在栩野的脸上。

前方就是前往地下一层的斜坡了，可有辆车横在路中间，挡住了去路。栩野不得不将车停下，下车向前走去，准备狠狠臭骂对方一顿。

那是一辆珍珠白的尼桑风雅。看到坐在驾驶室里的滨田，栩野停下了脚步，接着他发现后座上有个年轻女人，嘴巴被胶带封着，面带恐惧地用铐着手铐的双手砸着车窗，似乎要跟栩野求救。这女人是谁？

滨田打开门走下车来。栩野说："把车挪开。"

"你去哪儿？"滨田面无表情地走过来。

"当然是去给石川送钱喽。"

"你去哪儿？"

"用不着告诉你！快挪开，我可没时间跟你废话。"

滨田走到栩野面前："你没时间？那就痛快点说，你到底准备去哪儿？！"

栩野无奈，只好回答："我要先上首都高速内环。"

“然后呢?”滨田不依不饶。

栩野隐隐有了不祥的预感:“我怎么知道!到时候要等石川的电话。”

“你到底准备带着钱逃到哪里去?!”

“啊?”

“石川是让你沿着甲洲街道,去调布方向吧!”

“!”

栩野伸手摸向腰间的手枪,滨田抬起右腿猛踢他的腹部,栩野的身体在猛击之下向后倒去,就在他的后背重重撞到水泥地上的同时,滨田已经拔枪指向了他的脑袋。栩野的手枪还在腰里插着,根本来不及拔出来呢。他赶紧大叫:“别,别!等等!不是那样的!”

“去死吧!”

枪声回响在车库里。

7

栩野当场死亡。子弹从他左眼下方贯穿了脑袋,后脑的弹洞中流出大量浓稠的血液,慢慢浸湿了地面。

滨田在北大路的房间及电话机上都装了窃听器,这已经是很久以前就做好的手脚了。他一直认为,北大路如果做出什么愚蠢的决定，自己责无旁贷，必须纠正他。这一次，窃听设备终于奏效了。早上石川打来电话之后，他立刻录了音，放给北大路听，北大路哑口无言。

很明显，在毫无防备的情况下被部下窃听，并不是件让人愉快的事，但既然能对栩野的背叛提前做好防范，北大路决定还是既往不咎，并命令滨田立刻去杀掉栩野。滨田认为应该等石川再次来电之后再做打算，因为，即使栩野有啥图谋，如果最终没有着手去做，就不必杀人。他要等栩野真正行动之后，再来个螳螂捕蝉黄雀在后。然后，滨田就去捉拿那个女人了。

正午刚过，滨田就回到地下二层的车库，一直等在那里。窃听一事已经交给北大路的秘书，她会在三点左右给石川和栩野的通话录音，并立刻用手机通知滨田。最终，栩野的选择很令人遗憾。

滨田早就怀疑栩野不值得信任，今天，他的怀疑得到了验证。滨田并不想杀他，只是希望此人从组织里消失，但北大路却不同，他倾向于用严酷的纪律约束帮派中人，而且制定这些纪律规则的就是他自己，滨田当然也不会主动替栩野求情。

收好手枪，滨田拿出手机："我是滨田，请会长接电话。"

"请稍等。"

"是我。"北大路很快接了电话。

"请派人来打扫地下车库。"

“知道了。”

“我现在就去拿回尸体。”

“交给你了。”

“是！”

挂了电话，滨田紧接着拨通了猿川的那个手机。

“是我。快回来！”这是石川的声音。不知道他是什么意思。滨田回答：“你不是被车撞了吗，没想到还这么有精神。”

“啊，原来是山田次郎君啊，你不是被他们甩了吗。”

“还没收拾好这一摊子事儿，我怎么能离开。”

“那个假警察呢？还没出发？”

“那五个亿，你甭想了！”

“什么？你们不想要尸体了？”

“现在我车上有个小娘们，有点姿色，穿上婚纱大概更够味儿。”滨田得意洋洋。

“！”

很明显，电话那头的石川紧张地咽了口唾沫。

第四章　重复

1

麒一抢了装有尸体的锐志之后，立刻离开了条田综合医院的停车场，沿着海岸大道飞驰，他精神抖擞，心情兴奋莫名。

沿着高速公路开回东京，然后用尸体做人质，好好教训高领西装那帮家伙一顿！赎金要个二亿，或是更多！

但是，经过鸭川市大街，到达鸭川收费公路时，他突感身体不适，可能是神经松弛下来的缘故，身体越来越疼。

戴着手铐的双手很痛，头痛欲裂，头上的伤口没有经过任何处理，导致脸也肿得老高，全身伤痕累累，而且头越来越晕，说不定是发烧了吧！

被他们踢下斜坡时，头上的伤口沾满了土，虽然后来用水冲了冲，但不知道有多少细菌已经侵入体内。若是不赶快消毒，万一得了破伤风，那可就性命攸关啦。最近的医院就是条田综合医院，但麒一可不敢再去和山田次郎硬碰硬。

伴随着身体的痛楚，不安的心情涌上心头。刚才那种死里逃生的喜悦之情和教训了山田次郎一伙之后的得意洋洋早已消失，代之以强烈的恐惧——自己已无处藏身。

高领西装一伙人肯定会拼命搜寻麒一，不，搜寻装有杉野清治尸体的锐志车！他们不仅知道麒一的撞球吧在哪儿，还认识他住的公寓，稍加调查就能查到他的老家。那些地方估计都被严密监视着呢——或许还不仅如此，他们会不会已经在高速公路上设下了埋伏？

我现在该怎么办？该躲到哪里去？！

想找人收留，却发现手机不见了，虽说抢了山田次郎和尖嘴猴的手机，但朋友们的电话号码都存在手机电话簿里，以往都习惯于依赖手机，事到如今朋友的电话号码一个也想不起来！更糟糕的是，麒一的手机现在在敌人手上，电话簿里记录的朋友和学长学弟、前女友可能都难逃魔掌呢！

真是走投无路啊！

心里差不多绝望了。还能指望谁来救命呢？！麒一短短的二十年生命里，这次算是最大的危机了！他曾救助别人，却从未开口求过救，头更烫了。

突然，一张漂亮的脸蛋浮现在他脑海中——多多子。

“啊！”他想起裤兜里有张微型SD卡，那是从吉田家里搜出来的，里面有多多子的电话号码！对，给她打电话！麒一从未用自己的手机联系过她，所以山田次郎一伙是不可能知道她的存在的！麒一将车停在路边。

戴着手铐从裤兜里拿出一张小卡，竟是如此艰难的任务！他把座椅放到最低，拼命扭着腰，可手指怎么也插不进去，手腕疼得像是要断掉，胳膊快抽筋了——没办法，只好放弃！

那就干脆把牛仔裤脱了吧！虽然也不容易，但到底干脆多了。麒一脱下长裤，终于成功地取出那张SD卡。他伸手拿起山田次郎的手机看了看，是最新款。

“啊！”他不由得叫了一声——完蛋了！他把GPS这事给忘了！

法律规定，为了便于特殊情况下警察及海上保安厅的救助，所有的3G手机必须搭载GPS。麒一立刻卸下山田次郎那只手机的电池。当初他们就是靠手机的GPS确定了杉野清治尸体的大致位置，眼下这辆锐志或许也已在他们的监控之下。真是危险啊！

尖嘴猴的手机是老款，应该没啥问题。麒一把SD卡插进卡槽，屏幕上显示出奈村圭子的名字。

多多子会帮我么？她会跑到千叶来救我么？这些先不谈，当她看到陌生来电，还不知道会不会接电话呢！麒一一边祈祷一边按下拨号键。对方的手机响了，一声又一声。求你了！快接电话吧！

“喂？”

是她那沙沙的甜柔声音。是多多子。麒一太高兴了，几乎要哭出声来：“那个，是我，我是麒一。”

“啊？去死吧！”

电话挂了。

嗯？什么？昨晚还一起吃饭，依依惜别，现在怎么是这种待遇？

麒一的心又一次沉到谷底。他慢慢地穿好长裤，完全不知所措。门边搁着一包烟，好像是尖嘴猴抽的。麒一伸手取了一支，把烟盒放在大腿上，但没找到打火机。他按了下车里的点烟器，想把它拔出来，结果用力过猛，掉到了地上，然后滚到副驾驶座位下面去了。

算了算了，麒一自己的打火机还在裤兜里，他可没力气再脱一次长裤了。看来第一要务就是取掉手铐。

怎么取呢？大卖场里能找到合适的工具么？即使有工具，他自己也无法操作，还是要请人帮忙的。让超市员工帮忙？别开玩笑了，他们肯定会通知警察的！

那索性自己去找警察？他们应该会帮自己打开手铐，但自己脸上头上都是伤，进了警察局就别想出来了，各种审讯有得烦了。

对啊，麒一突然醒悟过来，我不是要“取掉”手铐，而是要“打开”它。那去找个锁匠不就行了？他们应该没那么麻烦，也不会去报警吧！

上网查查看吧！用千叶地区开锁做关键词，输入搜索，得到二千零十九个结果，但大部分都位于千叶市、船桥市、成田市、八千代市、我孙子市，好远啊！再增加关键词“鸭川市”，结果只有一个——还是个卖锁的店铺，不可能提供开手铐服务。

然后把关键词改成“君津市”，出来六个结果，其中只有一家号称“全天候，南房总全地区可上门开锁”，麒一立刻给他们打了电话。

“请问，你们能打开手铐吗？”

“没问题呀！您把钥匙弄丢了吗？”

“啊，是，是的。是我女朋友跟我闹脾气，故意藏起来的。”

“哦，具体情况我们不管的，请问您现在在哪儿？”

麒一和对方约好在房总高速边一家便利店的停车场见面，他抵达那里十分钟之后，锁匠就出现了，一看到麒一肿胀受伤的脸，对方立刻显得非常紧张：“您这是怎么了？别是犯了什么事了吧？”

“我可不是什么逃犯！”

“可您的脸？”

“啊，我女朋友做那事儿的时候喜欢玩SM。搞起来没分寸的。”

“那么厉害？您女朋友可真下得了手！”

“你要是不相信，我裤兜里有自己的驾照，你可以拿着去问问警察，看看我是不是良民。”

锁匠没打算去报警，他很熟练地打开了手铐。麒一顿感“绝处逢生”。他不由得哈哈大笑起来，下意识地揉了揉手腕，把手铐扔到副驾驶座位上。

费用包括上门费和开锁费，一共一万日元。麒一从山田次郎的皮夹里抽出一张钞票付了款，锁匠拿了钱就回去了。

本想顺便在便利店买点吃的，但麒一舔了舔嘴唇，发现嘴巴肿得老高，估计吃不了什么，只好买了些瓶装乌龙茶。回到车里，麒一点了支香烟，终于能过把烟瘾了，感觉不错。抽完烟，他又发动了汽车。

沿着房总高速开到馆山公路，麒一故意避开高速路，而是绕道馆山国道，准备去千叶市找家医院处理一下伤口。眼前危机重重，只好耐心地逐个解决问题。

经过袖浦和市原市之后就是千叶了，此时太阳已落山，暮霭初起。馆山国道和京叶公路相连，麒一在苏我收费站下了国道，沿着市区公路前行，终于在十六号国道的左手边找到一家医院。

他把车停在地下车库，然后进了医院，朝着预诊室走去。负责接待的护士看了他一眼，小声惊呼起来：“您这是怎么了？”

麒一指指脑袋：“头上受伤了。”

“对不起呀，今天我们外科医生全都休息。”护士满脸歉意地指了指右边墙壁。麒一顺着她指的方向看到一块牌子，上面写着：下午停诊外科及整形外科。

“这这可怎么办，我的伤口不能不处理呀。”

“您稍等一会！”护士转身向里屋跑去。

一位穿着白大褂的女医生很快出来了。她看了看麒一脑袋上的伤口，也惊叫了声：“您这伤是怎么弄的呀？！”

麒一回答：“不小心从山上滚下来，摔破了头。”

医生给他的头上喷了些消毒喷雾，又塞给他一大卷纱布：“轻轻按着伤口。”

刚才那位护士也过来了，递给他一张便笺条，上面写着另一家医院的名字和电话号码。

“离这里五分钟有家中田脑外科医院，这里是电话号码，请您去那里看看吧。”

“脑外科？！听起来有点吓人啊！”

“你头部受过重击，必须好好检查一下。”女医生坚持着。

这家医院还蛮负责的嘛！麒一谢过了医生和护士，在她们真诚的“请保重！”声里走出医院。他坐进汽车里，在导航仪上输入了脑外科医院的电话号码，发动了车子。

脑外科的病人很多，天色已经昏暗下来，但候诊室的沙发上还有二十多人在等看病。而且，诊疗室外面的走廊上也全都是人，每张长凳上至少坐着三四个病人。

有护士推着搬运重症患者的担架车走了过来，看起来担架车上那位老人病得不轻，或许因为是脑神经外科患者的缘故吧，一直昏迷不醒。麒一心想，这里的病患都是重症，我这么点小伤，真有点小题大做啊！登记之后足足等了四十分钟才轮到他进诊疗室看病。

男医生和女护士都有六十多岁了，两人仔细地观察着他的伤口，不由得叫起来："哇，口子真不小！你摔得够重的啊！"

麒一心有余悸地回答："是啊，重重挨了一下！"

消毒之后，去拍了个片子，然后又去CT室做了螺旋CT，最后坐在椅子上又等了半个小时。

医生叫他进去，一边看着液晶屏幕，一边说："看起来没有淤血，目前应该没有大问题。"

但护士走过来再次给伤口消毒，并警告麒一："头部受伤之后二十四小时之内是危险期，还不能大意哦！我现在要用医用缝线机给你缝伤口，非常非常疼！"

"啊？很疼？"

"怕疼的话，也可以打个麻醉针，但打麻醉也非常非常疼！"

什么嘛！那不是没啥好选的了？总之非常疼就是啦！

“那不用麻醉了，请直接缝吧！”

麒一对自己忍痛的本事颇有自信。而且，今天一天已经尝够了疼痛的滋味，再多一次也无妨！

医生拿起一只淡蓝和淡粉交织的可爱工具，对他说：“很疼的，做好思想准备，我要开始缝了！”

护士从旁抓住麒一肩膀，支撑他的身体。嗯？这么夸张？我会忍住的，放心吧！

那可爱的工具在将触不触之际，突然发出啪的一声，麒一感到有金属擦过头骨！剧痛贯穿了脑袋，不过，还行，这样的痛，是可以忍受的！正想缓一口气，突然又来了第二下！痛苦比刚才翻倍了！好痛！第三下！受不了的剧痛！身体本能地想逃。第四下！已经什么都无法去想，差点从椅子上翻滚下去。终于结束了。麒一已经休克了。

“怎么样？很疼吧？”医生略带得意地问。但麒一还软瘫在那儿，根本无法回答。

“一周之后拆线，一点也不会疼了。明天十一点准时来复诊。”

“好的。”

麒一拼了全身力气回答。但他并不打算来复诊——他可没空在千叶耽误时间。

“今天别喝酒，少吃饭，好好休息。有些人睡着了就再也没醒过来哦。晚上有人陪你吧？”

“啊，有的有的。”

又说谎了。因为只有这么回答，才能快快离开。

“如果有呕吐、耳朵流血流水的现象，就立刻来这里，明白了吗？好，那请您保重身体。”

麒一道谢之后，摇摇晃晃地走出房间，心里有些害怕：万一睡着了就醒不过来呢？耳朵流水，那又是什么意思？

他决定：今晚不睡觉了！

麒一开车离开医院，伤口仍然很痛，比来医院之前疼得多了。他看着导航寻找高速入口，想从东关东高速公路回东京去，至于以后的事，就边开车边想吧。

开到一条大路上，前面堵车了。这个时间照理说不应该这么堵的，他探头看了看，发现前方有警察拦路查巡，旁边电线杆上挂了块牌子：因美国总统来访，例行警戒检查。麒一心想：美国空军一号不是应该停在羽田机场么？

他又仔细看了看牌子上的小字，原来，这次奥巴马准备视察连接东京都心和成田机场的新高速铁路“成田 AIRLINER”，所以专机停靠在成田机场。为此警察开展了防恐戒严，正在一台台地打开汽车后备箱检查呢。麒一立刻大力打了一把方向盘，掉头就跑。千叶周边都这么严格，这部装着尸体的汽车是无论如何也进不了东京的。

麒一无路可逃，只能盲目而机械地踩着油门。

2

麒一在安房鸭川站乘坐凌晨第一班特快列车，抵达东京站时九点半刚刚敲过。然后转乘中央线特快列车前往三鹰。他生怕自己一坐下就会睡着，所以特意站着到了目的地。

提着一个手提袋下车之后，本打算步行，但他感到筋疲力尽，最后还是在北出口打了个车，告诉司机目的地之后就立刻昏睡了过去。

司机叫醒他时，已经抵达了武藏野市政府旁。他慌忙伸手摸了摸耳孔，还好，没有出血，也没流水。

下了出租车，走到目的地也不太远了。到了绿町二丁目，他小心翼翼地按响了门铃——最终，还是只能求助于多多子，因为那伙人不知道她的存在。昨天那个电话一定是有什么误会，今天来解释一下好了。

“来啦！”

是多多子的声音。麒一的心怦怦跳，紧张得要命。

“是谁？”

这次的声音比刚才更大，麒一感到她有点不耐烦了。

“啊，我，我是石川。”

“谁？”

声音更大了。

“那，那个，我是不是做了啥事，惹你生气了？”

话音未落，门开了，多多子面带怒容地探出头来：“喂，你知不知道给我惹了多大麻烦？！”

还没说完，她突然看到麒一脸上的伤，不由得转换了话题问道：“你脸怎么啦？”

麒一的体力已到极限，只能靠在墙壁上勉强站着：“哦，我也碰到很多麻烦事。”

“那先进屋吧！”

听了多多子的话，麒一摇摇晃晃地进了屋，连鞋子都没脱，就在玄关倒下了，他顺手把手提袋放在脑袋下面当枕头，跟多多子说：“你别管我，让我先睡会，昨晚我熬了个通宵，眼睛都没合一下。”

“不行！要睡回自己家睡去！”

多多子态度坚决。

“等我睡醒了一定跟你好好解释，求你了。”

麒一闭上眼睛，再也不想睁开了。女孩子冰凉的手掌摸了摸他的额头，很舒服。

“哇，你在发高烧呀！你要干嘛啊？脱了鞋子再睡吧！”

多多子还在耳边叫喊着。此时麒一突然想起一件重要的事，就闭着眼睛说：“如果我耳朵里面流血或是流水了，记得马上叫救护车。”

“啊？流什么水？”

麒一也不知道这个问题的答案，所以他一声不吭，沉沉睡去了。

睁开眼睛时，麒一发现自己在客厅里，没穿鞋子，还盖着毯子。一定是多多子费了很大劲儿把自己拖过来的。额头上贴了片退热贴，脑袋下面枕着的不是手提袋，而是个软软的枕头，太感谢她了！

头还在钝痛，但精神好多了，多多子正坐在桌子对面，一边抽烟一边看电视。桌子上放着退烧药和消炎药。

多多子感觉到他醒了，扭过头来。

“总算醒了？你睡了足足十小时哦！”

她面若冰霜。唉，也难怪，麒一毕竟只是来给她添麻烦的。

“不好意思！能给我杯水吗？”

麒一感到口干舌燥。多多子从厨房拿来玻璃杯和两升装的瓶装水。水是从冰箱里刚拿出来的，冰凉冰凉，太美味了！麒一一口气喝了两杯，顺便吃了一片退热药和两片消炎药。多多子严肃地盯着他。

“你到底干了什么坏事?”

“啊，我会跟你解释的。不过得先给我点吃的。”

“你还没完没了啦?”

多多子的目光更尖刻了。麒一慌忙摇摇手:“不，不，是请你帮我买些外卖，我出钱，我请客！你爱吃什么就点什么，可以吗?”

“哼，那还差不多。”

多多子给外卖寿司店打了电话:“手握寿司，最贵的那种，来两份。再加一份金枪鱼寿司。”

挂了电话之后，她把麒一的手提袋重重地搁在桌子上:“喂，里面的东西我看过了。都是些什么啊?电棍、手枪、手铐、绳子、胶带?你别是刚抢了银行吧?!”

麒一不知道从何说起，是否要把实情全部告诉她呢?她会不会害怕受到连累?事到如今，谎话没有意义，于是他就从撞球吧失火开始，一一告诉了她。

多多子认真地听着，连烟都忘了吸。寿司外卖送到的时候，他已经说到埋尸一事，多多子给他沏了杯日本茶。两人边吃寿司，边继续说。刚开吃的时候，酱油碰到嘴里的伤口，腌着好疼，但麒一很快就习惯了，吃完寿司，又继续说了一个小时，终于把这两天的经历介绍完毕。

“你好厉害啊！真是死里逃生！头上的伤给我看看。”

多多子摸了摸他头上缝的线，啧啧叹息。

“对了，你说你也碰到不少事？怎么回事？”

麒一问她。多多子苦笑着点燃了一根烟。

“唉，昨天我睡到中午还没起床，听到门铃响。我以为是你抓住了吉田，来跟我道谢，就没看猫眼，直接开了门。没想到站在门口的是那个吉田！我一愣，想起来是自己主动叫他来的，一时找不到理由赶他走，结果他自说自话就进了屋。他以为我回心转意了，想跟他重归于好，就对我动手动脚，我差点吃了大亏呢！”

多多子深深叹了口气。

“我可是好不容易才把他打发走的！”

“对不起！都是我给你添麻烦了！”

麒一真诚地道歉，他以前就听学长说过，吉田这家伙属于犯罪型人格，将来是可能成为强奸犯的。昨天说不定也欺负过多多子吧？否则，他怎么肯乖乖回去？麒一心中满是愧疚和不安——自己招惹来这么大的麻烦，现在又要求助于她，真是厚脸皮啊！

多多子似乎看透了他的心思，大声申明：“喂，别难过，我可没让他得逞！虽然我不是什么淑女，但也有原则的！”

听了她的话，麒一高兴起来，感觉到她特殊的魅力，他几乎要被迷住了。

“你现在打算怎么办？”

“嗯，先问他们要赎金。”

“你疯了？不要命了？”

“即使不敲诈他们，我这条命也危在旦夕。”

“……”

“无论我是否老老实实交出尸体，无论我是否问他们要钱，只要我被抓住，肯定都是死路一条。所以狠狠敲他一笔才划算！”

“我是说，你干嘛不逃跑呢？”

“我身无分文，能逃到哪儿去？就算我要逃命，也得先从敌人那里骗些盘缠吧。”

“你准备敲他们多少钱？”

“两亿？”

“为什么是两亿？”

“嗯，因为我算过，一个人一次能拎走最多两亿现金。”

“如果是两个人呢？”

“？”

多多子笑了。

“真的假的？你不要命了？”

“他们要杀的是你，不是我。”

“话是这么说。”

“他们连我的存在都不知道，对吗？”

“……”

麒一开始认真思考多多子的话。

“无论在什么情况下，人都是需要同伴的！”

多多子一边说，一边掐灭了香烟，伸手把麒一带来的手提袋拖过来，打开口袋问道：“这个是真家伙吧？”

她拔出了那把手枪，食指扣在扳机上。

麒一赶紧抢过手枪：“当心！里面有子弹的！”

他按下枪身的按钮，拆下满膛的弹夹，在多多子面前晃了一下，然后把里面的六颗子弹全部倒出来，又重新装好弹夹，再把左轮枪塞到多多子手里。

“你玩枪怎么玩得这么熟练？”

“男孩子嘛，小时候都玩过气枪什么的，对这种机械很熟悉。”

“扣一下扳机，就能开枪了？”

多多子晃了晃手枪，枪口对着麒一说。

“喂，别对着我。”

“怎么了？里面又没有子弹。”

“这可是真家伙，你用枪口对着我，让我感觉很紧张。”

多多子把枪口转向窗外，用力扣动扳机，但击铁只是稍微动了动，她使足了劲又扣动了几次，一次也没能成功。

“怎么回事？这枪有问题吧？”

“不会吧，给我看看。”

麒一拿过手枪，轻轻松松地接连扣动扳机，发出清脆的金属撞击声。

“哇，那为什么我不行呢？让我再试试！”

多多子不服气地再次尝试，可她力气不够，扳机还是只能扣动一半。她手比较小，抓握力也小，而且这种左轮手枪在扣动扳机后，首先是弹夹转动，击铁先升起再落下，所以对于从未摸过手枪的女孩子来说，扳机相当沉重。

“啊，你力气太小，那这样吧，用大拇指把击铁顶起来。”

麒一亲自示范。多多子试图用握住枪柄的右手拇指去顶，可她再怎么顶，也只能使手枪弹夹转个不停，击铁根本纹丝不动。

“右手握紧手枪，你用左手拇指去顶顶看。”

按照麒一的指点，多多子终于成功了。击铁如愿发出悦耳的金属撞击声——咔嚓。

“哇，太爽了，这声音好听！”

多多子来劲了，接二连三地扣动着扳机，突然，她站起身来，用枪对准麒一，喊道：“不许动，扔掉武器！”

她又一次叩响扳机，麒一这次没警告她“别拿枪对着我”，而是赞了句：“你拿枪的样子还挺帅的！”

这可是真心话，多多子的架势已经很有点模样了。

“真的？”多多子开心极了。

“嗯，就跟《末路狂花》里那个女的一样。”麒一拿一部电影打了个比方。

“那是谁啊？”多多子却很茫然。

“雷德利导演的片子。”

“他又是谁？”

“他是《银翼杀手》、《异形》的导演，还凭着《角斗士》这部片子拿了奥斯卡奖呢。”

“你说的那片子故事情节是怎样的？”

“哦，是说两个普通女人逐渐变得强悍的故事。非常非常了不起的一部电影，还是布拉德皮特的成名作呢。”

“是吗，真想看看啊。”

“去看看吧，你肯定会喜欢这片子的。”

麒一冲澡的时候，多多子在门外问：“我要去便利店买点东西，你有啥需要的吗？”

“那麻烦你给我买点内衣裤和牙刷。”

“没问题。”

不久以后，多多子拿着大号购物袋和写着 TSUTAYA 光碟租赁的蓝色纸袋回来了。

麒一换上干净内衣裤，刷了个牙，顿感焕然一新。为保险起见，他又吞了两片退烧药和消炎药。多多子把罐装啤酒和薯片堆在桌子上，拉好窗帘，室内顿时昏暗下来。两人并排坐着看起了DVD——《末路狂花》。

多多子立刻被片子吸引住了，而对于麒一来说，也是一次很好的重温。

在很多意义上，今天的DVD，都是值得一看的。

3

麒一从睡梦中被人摇醒，睁眼一看，是多多子。

“快起来！那人又来了！”

“嗯？谁？”麒一睡眼惺忪，还没完全搞清楚状况。

“那个白痴昨天没得手，今天又来了呀！”

原来是吉田啊。事到如今，本已没有心思对付吉田，不过既然送上门来，也没必要放他一马。

“你去给他开门。”

趁多多子去开门的当儿，麒一翻身坐起，从手提袋里抽出电棍，然后走进卫生间，顺便上个厕所。

他低头看表，现在已接近正午。身后传来脚步声。

“你家有人？”正是吉田的声音。

麒一扳动马桶冲水钮，伴随着冲水声，笃悠悠地踱出了门，与吉田打了个照面。

“！”

吉田一愣，但他很快就恢复了笑脸。

“哟，这不是麒一嘛！你怎么会在这里？”

脸皮比城墙还厚的家伙！麒一心中暗骂。他面无表情地走过去，伸手做出握手状，实际上已经打开了袖管里电棍的开关，赏了吉田一棍，对方立刻重重摔倒在地。

“你好啊，吉田君。说吧，为什么骗我钱？”

麒一弯腰蹲在吉田身旁。不过，很明显，吉田完全无法出声，他已经痛苦得脸都扭曲了。多多子在旁边盯着吉田看了看，担心地问麒一：“他这样不要紧吗？”

“没事儿！过一会儿他就能动了，我也挨过一棍，心里有数！”麒一胸有成竹地说。

吉田艰难地抬起头来，看着麒一，蠕动着嘴唇喃喃自语：“太……过分……了，为……什么？”

“嗯？你都忘了？看来不再吃我一棍，你是想不起来啦？”麒一举起了电棍，吉田赶紧摇了摇头。

“等……等等，麒一，给你添乱了，我对不起你。但……是，那是公司的问题啊！”

“什么呀？公司的什么问题？”

“我都跟上司……汇报过你的情况，但是直到……合同约定的时间，他们都没给我安排工人，还把所有责任都推给我一个人！我是……被迫休假的，是……公司那帮人逼我的！相信我！”

“哼，我不信！”麒一毫不客气地用电棍再次重击吉田！

“怎么样？滋味不错吧？你如果不说实话，还会再多尝几次！”麒一弯腰在吉田耳边低声说道。

吉田似乎被打闷了，愣了片刻后缓缓点点头：“好……好吧，别打了，是我不好，是我对不起你，钱我一定会还的……”

“你胆子不小，竟敢骗了我足足一百万！”

“我也没办法，当时急着要用钱，也算是我这辈子的一个大教训了！”

“啥教训？”

“跟你说实话吧，所谓装修公司职员，只是我的一个假身份。”

“啊？少来这套，故弄玄虚。”

“我在西麻布借了间公寓，开了家地下赌场。别看我这副模样，也算个老板呢！”

“赌场？别开玩笑了，你小子也不过才二十二岁吧？”

“不是开玩笑，是真的啊！半年前开张的，一直到前段时间，赚头都很不错。”

“地下赌场？那个区域的黑帮不会放过你的。”

“当然都进贡过了，给他们交足保护费了啊。现在这世道，还是得拿钱砸。我跟那一片儿的大佬多少有点儿交情。但不巧的是，后来跟客人发生了一些矛盾，有其他黑帮趁机介入，砸了我的店，还抓了我要敲诈一大笔钱。最后为了保住这条小命，不得不把赚的钱全都吐出去，而且电脑里的客户资料也都被抹掉了。”

“……”

麒一无法判断，吉田这次说的是真是假。听起来真实性不高，但所作所为似乎又挺符合吉田的性格。

“客户资料是我东山再起的本钱，我就琢磨着，怎么着也得找个专家帮我恢复数据。”

“你小子，还不死心？”

“我不是跟你说了么，为了捞偏门赚快钱，我给黑帮老大都进贡了不少，交足了保护费，怎么能浪费？再说了，要想发财，只有孤注一掷破釜沉舟啊！”

“但是正规业者不肯帮地下赌场恢复电脑数据吧。”

“所以我找了线人介绍肯接活的电脑高手，但他狮子大开口，要一百万酬金，所以我就找你麒一想办法喽。”

吉田吐了吐舌头。麒一差点又想给他一棍，但强迫自己忍住了。

“线人是干什么的？”

“是个热心大叔，他那里各种各样的信息可多了，有些在网上都查不到呢。”

“怎么联系他？”

麒一顿时产生了兴趣，接下来要对付高领西装男和山田次郎那伙人，或许这位线人能提供有价值的线索。

“你也想问他买情报？我倒是可以给你他的电话号码，不过只有熟客介绍的活儿，他才会接。”

“那你就帮我介绍吧，我可以考虑把那一百万送你。”

麒一料定吉田不可能老老实实还钱，而且现在他也没时间问他讨债，索性利用一下他的信息资源算了。

“真的？！太好了！那我马上打电话给他。”

吉田顿时来了精神，他想赶在麒一没改变主意之前完成这个任务，于是立刻掏出手机开始拨打电话。

“喂，喂，你好！我是吉田。我有个学弟找你有事，让我介绍一下。啊，不用担心，我给他作保，你就放心吧。好，明白。谢谢！”

他挂了电话，把屏幕转向麒一：“就这个号码，让你马上打给他。”

麒一看着屏幕上的号码，用猿川的手机拨起了电话。

“喂，你好！”接电话的是个中老年男子，声音很响亮。

“我是吉田的朋友，刚才他给你打过电话吧？”

“哦，你是吉田的学弟吧。”

“嗯，我叫石川。”

“石川什么？我不管你是假名还是绰号，总之你告诉我一个全名，好和其他姓石川的区分开来嘛。”

“麒一。麒麟的麒，一二三四的一。”

“好，很好记，石川麒一。我把你的号码记下了，你需要什么情报的话，尽管找我好了。不过丑话说在前头，我的情报可贵得很哦！那就这样吧，拜拜。”

这个线人自顾自地挂了线。麒一有点担心地想：这人真的靠谱吗？

“哈哈，这样我就不用还钱了对吧？麒一你真够哥们！”

吉田心满意足地傻笑着，这笑脸真让人生气啊。

“你以后不要出现在我面前，也不许再来找多多子。”

麒一宣布道。吉田的表情突然变得狰狞：“什么意思？怎么回事？你想抢我的女人？”

“谁是你的女人啊！？”多多子突然从麒一手里拔出电棍，对准吉田腹部就是一棍。

多多子痛揍吉田，与此同时，麒一迅速地把线人的号码存到猿川手机的通讯录里，然后拨了一〇四查号台，查找公寓房东的住宅电话。他四天前借了人家的“公爵”车，到现在还没还，当然得联系对方道个歉了。麒一虽想尽快还车，但无论是大森那家卡拉 ok 厅还是房东的住所，都有可能被山田一伙人严密监视着，眼下自己一筹莫展。好在房东通情达理，笑着表示并不介意他晚些还车，还安慰他说：“没事儿，我前天晚上腰扭了，反正也不能开车，你尽管拿去用吧！”

太好了。房东大叔真是个大好人！麒一发自内心地表达了谢意。

按下菜单按钮，然后再按住〇键，屏幕上就会显示出本机号码。再按下详情按钮，出现了“请输入密码”的字样，麒一试着输入四个零的初始密码，屏幕上显示出猿川宏的姓名和尖嘴猴的照片。看来这不是临时手机，而是尖嘴猴亲自登记过的手机。麒一对照着看了看照片和姓名，不由得笑出声来——这位尖嘴猴同志估计从小学开始就广受欢迎啊，如此给力的形象和名字，也算是一朵奇葩了。手机信息里还有他的家庭住址——世家。

“你笑什么?”多多子好奇地凑过来。麒一把手机画面给她看，她大笑起来：“这只猴子真是名副其实啊！”

她笑得捂住了肚子，麒一都觉得猿川有点可怜了。

接着，两人去吉祥寺吃了饭，到电器店上面的优衣库买了四件T恤、四条平角短裤、六双袜子，又拿了一件衬衫备用。

麒一的钱包里只剩几千块了，不过山田次郎的皮夹里足有二十多万，猿川的那个皮夹里也还有六万多，目前钱还是够用的。

麒一在卫生间里换上新T恤和新袜子，照了照镜子，发现脸上的淤伤已经好了很多，但左眼下方和嘴角还留有明显的伤痕。

然后，他在电器店买了一卷电线，放进手提袋里，又将在优衣库里买的衣物交给多多子保管。

多多子问他：“你一个人行吗？”

“当然没问题，也不看看我是谁！”麒一自信满满地回答。

跟多多子挥手告别之后，他拎起手提袋，向着世家方向走去。

4

麒一离开猿川的公寓时已近半夜两点。由于猿川的口供比想象的更丰富有趣，所以待的时间长了点——终于摸清了敌人的底细。当他听到对方的目标是上百亿日元时，不由得大吃一惊。为此，对方肯定会不惜一切代价夺回尸体，绝对不会放弃。毕竟这具尸体意味着一场泼天的富贵。麒一确信自己立于有利的境地。

他步行到京王线世家站前，找了家网吧。明天一早多多子说是要打工，现在回去的话会打扰她睡觉的。

麒一从各个角度考虑了多个计划，接着在网吧小睡了一个小时，然后乘坐京王线到新宿，转JR线前往三鹰。他在连锁咖啡厅买了两人份的早餐后回到多多子家，时针已指向七点。多多子已经起床，她看了看早餐，顿时两眼放光。

麒一问她："几点开始打工？"

"八点半。"

"那没时间吃早饭了吧？"

"有时间，反正打工的地方就在吉祥寺。"

多多子开始大嚼意式三明治，麒一也大口吃着加了生菜的热狗。

"今天打什么工？"

"第一酒店的促销活动。"

"促销活动？你去促销？"

"嗯，我是模特。"

"模特？"

"对啊，就我这样的，可是个有正规经纪公司的模特儿哦！不过从来没接过什么了不起的活儿。"

"……"

"怎么啦？我不像个模特儿么？"

"没有没有，挺像的，我只是在想，今天要去当模特，早饭吃这么多不要紧么？"

"没问题！我不吃饱点儿，就笑不出来的啊！"

多多子毫不在乎地继续大吃大喝。麒一则想到一个新计划。

"几点结束？"

"活动是十点、十二点、一点和三点各一场，所以三点半应该能结束了。”

“那你帮我把这个带去。”麒一从手提袋里拿出手枪。

“为什么啊？”

“我们是同伙吧？”

麒一问她。多多子听他这么说，笑着接过了手枪。

多多子出门之后，麒一把手机闹钟设定在中午十二点，然后小睡了一会儿。现在先养精蓄锐，下午先问他们要一千万，看看情况再决定下一步部署。麒一想确定对方对这具尸体的兴趣度，同时也要先敲上一笔军需资金，并且拿回自己的手机。

他打算让对方在大白天把一千万送到人烟稠密之处，这样他们无法杀人灭口。最好是警察随时可能出现的地方，比方说酒店咖啡厅和大堂之类。

麒一并不想用枪，虽然对方是可能要了自己性命的凶徒，但他实在不愿意亲手开枪杀人。尸体在自己手上，想必对方也不敢轻易下手。自己并不需要手枪，带支好使的电棍足够了。万一有何不测，麒一也能在不给自己惹麻烦的前提下立刻报警。

但是，经过这几天的折腾，他意识到随时会发生意料之外的事情，因为自己猜不到对方的底牌，而且山田一伙很明显是杀人越货的亡命之徒，自己还是万事小心为上。万一要用到枪，就需要多多子这个同盟军出面了。

山田次郎三点左右给猿川的手机打了个电话，麒一令他开车前往吉祥寺。他自己则早早来到第一酒店，小心地确认了电梯、自动扶梯和楼梯的情况。三点半给多多子打了电话，但她没接。

当他接到山田的来电，对方说："停车场都满了，现在我停在外面。"时，顿时心中一沉，感觉完蛋了。他并没有去确认停车场的情况，所以无法判断山田说的是真是假。而且，山田声称把钱放在酒店对面的咖啡厅里，自己已经离开了。麒一感觉事态已失控，这很可能是个陷阱。但酒店到咖啡厅只隔着一条马路，这么点距离应该比较安全，而且对方刚刚找到这个咖啡厅，也来不及做什么手脚。麒一索性下了楼，准备去拿钱，这时电话响了，是多多子的来电。

"不好意思，活动延长了。有什么事吗？"

"你马上带着那家伙，到酒店正门来。"

麒一挂了电话，隔着玻璃门看着外面。一切正常。汽车川流不息，行人也络绎不绝。

行车道的信号灯变成红色之后，麒一走出酒店，四处张望，没有任何可疑之处。人行横道变成了绿灯，他立刻小跑着过了马路，再回头看看，仍然没有动静。他打开咖啡馆的门，朝里面看了看，只有两桌客人，都是上了年纪的女士。

"欢迎光临！"

咖啡馆的女招待热情地招呼他。

“有人托你转交东西么？”

“有啊，您是石川先生？”

麒一点了点头。女招待从收银台下面取出纸袋交给他。

没问题。麒一知道出于礼节应该买杯咖啡，但他实在想早点离开是非之地，所以再三道谢之后走出了门。他再次环顾四周，似乎没有异常。敌人这次乖乖送钱给他了！看起来，他们已经知道现在是谁说了算！

麒一在路口等红灯转绿时，看见酒店正门的玻璃门里有个穿婚纱的女子，正朝他拼命挥着手。

是多多子。可她为什么穿着婚纱？就在麒一纳闷之时，一辆轿车呼啸着直冲而来，把他给撞飞了。那一瞬间，他想过改变一下姿势，努力跳到车顶上去，但时机稍纵即逝，右脚在车顶拐了一下，整个人狠狠砸向汽车的挡风玻璃，然后弹落到人行道上。

事情发生得太突然，他只顾得上护住脑袋，左肩重重地撞到地面，顿时痛得无法动弹。这时山田次郎出现了，手里还握着左轮枪。麒一的电棍被夺，腹部还被狠狠捅了一棍，全身软瘫下来。山田次郎把麒一拖到汽车后部，扔到后座上，还关上了门。一切都完了！麒一后悔不迭，心中暗责自己是个大傻瓜！真没想到会这么轻易地着了对方的道儿！

突然，汽车开动了。他拼命地想要动一动，却完全无能为力。

“麒一，你没事吧?”

驾驶座上传来多多子的声音。麒一大惑不解。

“你干嘛穿着婚纱?”他问了个非常白痴的问题。

“今天是设计师的婚纱新作品展示会啊，时间拖延太久了，我来不及换衣服就赶来了。”

汽车在电器店左转，开往五日市街道。

“我现在马上送你去医院。”

“不用，我们现在要马上回第一酒店。”

麒一捡了条命，但现在无暇庆祝，他感觉到了新的危险。

“你说什么啊?你刚才可是被车撞飞啦。”

“没事儿，放心吧。就照我说的做吧。”

左肩和右踝疼得要命，但是，他自己知道，并没有骨折。

多亏了多多子，自己得救了。但正因为如此，多多子被迫暴露在山田次郎面前。那伙人接下来肯定会搜寻她。今天，在那里穿着婚纱出现的女人不会很多，很容易就能查明身份。他们这会儿可能已经注意到了第一酒店的婚纱作品发布会吧。如果从主办方展览公司着手，应该很快就能查到模特经纪公司派了哪些人过来，多多子很危险!

对于山田次郎一伙来说，找一个穿婚纱的女人，易如反掌!

麒一的胳膊终于能动了，他缓缓捡起纸袋，慢慢撕开封口的胶带，取出里面的钞票和手机看了看，然后给学弟阿宣打电话："喂？阿宣吗？"

"你好！我是阿宣上士！"

"你现在在哪儿？"

"在父母家。"

"马上到吉祥寺第一酒店的地下车库来找我。"

"明白！立即行动！"

阿宣的父母家就在西荻洼车站旁边，一刻钟左右就能到。

汽车经过吉祥寺大道之后不久左转，从东急百货后面绕回第一酒店前面的马路。麒一的体力逐渐恢复，多多子把车停到地下车库。山田次郎这家伙果然说了谎，地下车库空得很，根本不存在无处停车的问题。车库的管理员大叔发现开车的是个穿婚纱的女孩子，顿时目瞪口呆。

停好车，多多子回头说："我现在去换衣服，马上回来。"

麒一答道："我跟你一起去，那家伙很可能还埋伏在附近呢。"

麒一打开后座车门，慢慢下了车。但右脚一阵剧痛，他只能维持撑门站立的姿势，根本走不动。多多子下车后，走过来扶着麒一说："你看你这样子，还是别勉强了。"

"可是，多多子，我不放心你一个人去。"

"那这样吧，你刚才不是叫那个阿宣来吗？让他陪我去吧。"

只能这样了。麒一决定在车里等阿宣。多多子从副驾驶座位下面捡起些什么，递给了他。

两把左轮手枪。

其中一把，是多多子从山田次郎那里缴获的战利品。真是个了不起的女人啊。

麒一接过枪，把它们放在座位上。多多子又说："给我支烟。"

麒一从口袋里掏出烟递给她，然后帮她点上火，自己也抽出支烟开始吞云吐雾。

"多多子，我还没来得及感谢你呢。今天多亏有你，否则我可能已经没命了。"

"我还挺有用的吧？"

多多子似乎有点害羞地笑了笑。

"嗯，你是个了不起的女生。我这次欠你个大人情。"

这可是麒一的真心话。

多多子双眼放光："这话可是你说的，人情要还的哦！"

两人正说着话，就看见一辆黑色宝马驶进了停车场，开车的正是阿宣。麒一将手伸出窗外挥手致意，左肩却感到一阵剧痛。

阿宣停好车，走了过来。他的装束一如既往：军用野战迷彩服和配套的裤子。阿宣中等身材，留着板寸头，虽然已经十九岁，但还长着一张稚气的娃娃脸。

麒一跟他打招呼："来得挺快啊！"

"感觉学长你似乎有急事，所以我跟老爸借了车赶过来的。"

阿宣平静地说。他看了眼穿婚纱的多多子，表情却丝毫未变，依然镇定如初。

"那拜托你帮个忙，给她当次保镖吧。她要到上面去找地方换衣服。"

麒一递给他一把手枪。阿宣接过枪，熟练地确认了枪膛里填满子弹后，就把枪收进野战服的大口袋里，对麒一说："明白！"

然后，他看了看多多子，说："那请您紧跟在我后面。"

说完，率先走向电梯。

多多子换好衣服，拿好自己的包，跟阿宣一起回来之后，三人乘坐阿宣的宝马前往调布市——当然，没忘记带上那一千万。麒一认为附近的医院有可能被山田一伙派人监视着，所以阿宣建议去调布的一家医院，他在那儿有熟人。

阿宣开车，多多子坐在副驾，麒一则在后座横躺着休息。

"学长，你能告诉我发生了什么事吗？"阿宣边开车边问。

"嗯，说来话长啊。"

麒一含含糊糊地搪塞着。

他身上越来越痛，无法集中精神跟阿宣细细解释，于是简单地说了句："总之，我准备从强盗那里抢五个亿来，你给我做帮手吧。”

多多子噗嗤一声笑了起来：“你这么说，他更摸不着头脑了。”

阿宣却没笑，反而认真地回答：“学长，如果你能帮我准备一支军用来复枪，我阿宣会帮上大忙的。”

5

早上七点，警察按响了多多子公寓的门铃。

“说是武藏野警署的警察。”多多子回头说。

山田次郎他们的动作不可能这么快，毕竟才过去十五个小时而已。

麒一站起身，去门外应付警察。

门外站着两位便衣，一人举着一张敲有警察徽章的身份证。对于麒一的出现，并未显示出任何惊讶的表情，只是问：“你是哪位？”

麒一满面笑容：“我是她朋友，她现在在换衣服。请稍等。”

警察们点点头。麒一关上门，返回多多子和阿宣所在的客厅。

“看起来是真警察。”

多多子听了，点点头，站起来走向玄关，麒一跟在她身后。

年长些的警察问：“你是奈村圭子？”

“是我。”

“你昨天下午四点在哪里？”

“在吉祥寺第一酒店工作。”

“你是服装秀请的模特？”

“嗯。”

“我们接到好几个人报警，说是昨天下午四点左右，有个年轻男人在第一酒店前面的马路上被车撞伤之后，又被开车的人绑架了。根据目击情报，我们认为这是有预谋的犯罪，所以正在进行调查。”

“啊？！”

“而且，有目击者说，开车的是个穿婚纱的女人。”

“……”

“请你跟我们走一趟，到警署去做个笔录吧。”

“明白了，那请稍等一会儿，我做点准备就来。”

关上门，多多子和麒一回到客厅。

“怎么办？”多多子小声问。

麒一跟她耳语：“不用担心，你又没做任何坏事。”

可是，也不能装糊涂啊。

虽然警察未必已经发现停放在地下车库里的那辆车，但车上残留有多多子的指纹，她如果一概否认，反而会招来怀疑。

“你就说的确看到有人被撞，然后就在他快要被绑架的时候，你冲过去打开车门，开车救走了那个男人。正打算带他去医院，他却苏醒过来，非要回到第一酒店地下车库不可。你没办法，只好照他说的做，回到车库之后，那男人就摇摇晃晃地下了车，然后不知去向了。别的你什么也不知道。”

“这样能行吗？”

“没问题。反正没人真会去报案，警察不会当成案件处理的。”

多多子点点头，开始做出行准备。麒一跟阿宣说：“以防万一，你开车跟着他们。”

“明白。”

阿宣从玄关拿来鞋子，穿好后敏捷地从窗户钻了出去。

“录好口供之后不要直接回来，先给我打个电话。”

多多子笑着答应了，她把家门钥匙递给麒一：“你要是出门，别忘记锁门。”

“放心吧。”麒一微笑着目送她离开家门。

“她已进入武藏野警署。”

五分钟后，阿宣的汇报短信就来了。

“辛苦了，你回来吧。”

阿宣返回之后，两人又开着宝马前往千叶，去取回停放在鸭川的锐志。麒一九点左右给高领西装男打了个电话，结果接电话的却是当初假扮刑警骗他的西装领带男，他保证中午前后准备好五亿现金。麒一告诉他下午会再电话联系，然后挂了电话。

服用止痛药之后，伤口不那么疼了，但左臂还无法正常动弹，而且抬起左肘，肩膀会发出咯吱咯吱的声音。在医院做了个X光透视，医生说是筋腱断裂，也就是包裹肩关节的板状筋腱受压变形了。如果肩功能受损严重，必须手术治疗，但目前只能静养，没有其他办法。右小腿胫骨出现了轻微骨裂，医生建议他多静少动。结果，可怜的麒一没有在医院得到任何治疗，只是拿到大量消炎药、止痛剂和胃药——医生说多吃止痛药会搞坏胃，因此提前开了许多胃药。

无可奈何的麒一只能走一步算一步了。

情报线人十点多来了个电话，提供了关于军用来复枪的信息，这还是昨天晚上拜托他的。线人说，新宿有个地方能买到合适的军火。

“不过，你们得小心点。那帮人是黑社会，要是觉得你们态度不好，说不定就把你们咔嚓了！”

线人最后叮嘱道。麒一道了谢，从手机银行给线人指定的账户打入信息费。

“阿宣，来复枪有着落了。是你指定的M24A2全套哦。”

阿宣握着方向盘，脸上少有地浮现出微笑：“太好了！”

然后，他又恢复了无表情的扑克脸，继续集中精神开车。

昨晚阿宣说过，M24A2是美国陆军、空军及特种部队狙击手配置的步枪系统，日本陆上自卫队也有配置。麒一虽然对军火不甚了解，但听阿宣的口气，这应该是一种威力十足的对人狙击枪。

阿宣总是自称“上士”，给人的感觉似乎是个沉溺于军事的宅男，但事实上，他还真是个日本自卫队的陆军上士呢！

阿宣从初中开始狂热迷恋军事，初中毕业时毫不犹豫地选择了陆上自卫队士官学校，成为初中毕业生中的特殊群体——国家特别公务员。一进入士官学校，阿宣就成为自卫队三等兵，也属于非任期的自卫队员，被称为“少年自卫官”。一年后升级为二等兵，四年学业期满后，升为陆军三等上士。

这一类少年自卫官在入学同时加入自卫队，所以毕业时也获得参加高考的资格。有些人会以国防大学或航空学院为志愿，也有人考入普通大学。阿宣并不想在自卫队里升官发财，所以按照父母的要求，填报了早稻田大学的基础理工专业。今年春天，他就以三等上士的身份成为了大学一年级学生。不过，对于阿宣来说，大学校园似乎并非乐土，每天都得过且过。

那部锐志仍然和三天前一样，安静地停放在鸭川市郊外某家大型购物中心的车库里。麒一撕掉挡风玻璃上的非法停车罚单，坐进驾驶室，和阿宣两人一人一部车，开往东京。

这条高速远离成田机场，所以没受到盘问，途中停车在海萤大厦吃了午饭，下午两点半抵达新宿。

多多子一直没来电话，这让麒一非常担心。录个口供需要这么长时间么？莫非出事了？不过，只要她还在警署，山田次郎就不敢动她，所以人身安全应该没问题。

黑社会指定的场所是北新宿三丁目，大久保道旁一条小路上的沿街大楼四楼。这是座有点破旧的建筑物。约定时间是三点，麒一提前到达，然后给北大路的办公室打电话，确认他们已准备好现金之后，命他们沿着甲洲街道向调布方向开——他已经做好打算，让对方多绕几圈兜兜风。

麒一和阿宣把车停在附近的计时停车场，那一千万现金就放在宝马的后备箱里。两人沿着那座大楼外侧的水泥台阶走了上去。四楼只有一个门，麒一按了门铃。

“谁？”里面传来男人的声音。

“我是跟你约好的山田。”

金属制的门应声而开，一个皮肤略黑、年约五十的矮小男子探出头来。此人瘦瘦小小、胡子拉碴，看起来一副穷酸相。此时只是四月，他却穿了件短袖衬衫，充满戒备地上下打量着麒一和阿宣。

“请进，年轻人。”

对方露出猥琐的笑容，请他们进了屋。屋子大约八张榻榻米那么大，正面和右面各有一扇木门，麒一脱鞋进屋，阿宣紧跟在后面。

房间正中有个大桌子，上面放着黑色树脂制的大箱子，那男人正在打开箱子的锁。他左手戴着一块劳力士金表，但表带似乎尺寸不对，在手腕上晃荡着。

“就这个。”

男人打开了箱子。灰色海绵包裹着一把深褐色来复枪，旁边还放着弹夹等金属制的部件。麒一看了看阿宣，发现对方脸上露出了不加掩饰的兴奋。

“没错，这是M24A2。SWS的话只能填装五发子弹，但这个里面能装十颗子弹。你再看看弹夹，枪柄能上下错动，而且够大，所以操作更方便。这是里奥博得系列，OPS的夜视版，你看这里，瞄准镜旁边是夜间战争和CQB用的调整辉度的LED十字线。”

阿宣滔滔不绝，麒一完全没听懂。

“这个枪的消音器也不得了啊！即使不用亚音速子弹，只使用普通的雷明顿三〇八，都完全用不着护耳！”

“哦，那的确了不起。”

麒一顺口回应。

“怎么样，我的货不错吧？”

那男人笑着说。

麒一问："多少钱？"

"送你两盒三〇八，一共八百万日元。要现金。"

男人回答。

麒一凑到阿宣耳边问："怎样？"

"黑市价格不好说，正常渠道的话大约二百万左右。"

麒一对那男人说："这样吧，六百万。再贵就不要了。"

"你还真会还价，六百五，不能再便宜了。"

那男人似乎很爽快，麒一突然有种不祥的预感。

"好，六百五就六百五，成交！"

麒一笑着伸出右手，那男人也伸出手来。

"钱呢？带来了？"

"没有，放在车里了，现在就去拿。"

"那留个人下来，当人质。"

"人质？！"

"别担心，我不会对你做什么。只要你们乖乖付钱。"

男人狞笑着，小眼睛闪着狡诈的光。麒一对阿宣说："我留下，你去拿钱。"

"明白。"

阿宣出去之后，那男人锁上了门，返身回到麒一身边："放松点，坐一会儿吧。"

他朝麒一招招手，腕上的金表一闪一闪的。

“我就站在这里，没事儿。”

麒一缓缓后退，直到自己后背抵住了墙壁。

“那我给你泡杯茶来，你等等。”

男人打开门出去了。麒一料到他肯定会做点小动作。于是拔出了插在牛仔裤后腰上的左轮枪，对准了房门。

门开了，男人左手端着放有茶杯的盘子，右手背在身后。他看见麒一的手枪后不由得停住了脚步，盘子掉在地上，发出巨响。

“把右手慢慢伸出来！”麒一命令。

男人慢慢伸出右手，手上赫然出现一把巨大的自动手枪。

“把枪扔掉！”

男人乖乖地把枪丢到地上，还笑眯眯地说：“你带着家伙，就早些说嘛！”

“你打算杀了我们，把钱抢走？”麒一问。

男人摇摇头：“没有啊，我只是以防万一。六百万卖给你吧，另外给你四盒子弹，够意思吧？”

就在这一瞬间，麒一旁边的门突然打开，一把自动手枪顶住了他的脑袋。一位六十多岁的胖老太用听不懂的外国话喊着什么。估计是叫麒一丢掉手枪。

男人大笑着跟老太婆说起话来，老太也跟着大笑、大叫。接着两人同声大笑起来。老太的手枪枪口已经顶住麒一的脑袋，他只好丢了枪，但故意把枪用力砸在老太婆赤裸的脚丫上。

老太的左脚被这一公斤重的铁块砸到，顿时惨叫一声，失去了平衡，枪口也歪了。麒一伸手从老太那里抢过枪，一脚把她踢飞。老太飞出去足足两米，然后撞到墙上，接着掉在地上不动了。麒一转过枪口对准那男人，男人正准备捡起地上的枪，但动作慢了一步，只好又乖乖举起手来，脸上已全无笑意。

麒一口袋里的手机响了，他用枪指着那男人，左手掏出手机，以为肯定是阿宣的来电，所以看也没看屏幕就按下接听键："是我。你快回来。"

"哟，被车撞了的人，听起来还挺精神啊。"这不是阿宣的声音。

"原来是山田次郎君啊，你不是被开除了么？"

"我跟你之间还没做个了断，怎能离开。"

山田次郎说。麒一心生不祥的预感。

"那个假刑警呢？他还没出发？"

"你拿不到五亿的。"

"什么？你们难道不想要回尸体了？"

"现在我车上有个年轻女人。长得很漂亮！穿婚纱的话更靓。"

山田次郎笑着说。

"！"

麒一咽了口唾沫。为什么多多子会被他捉住！？

就在此时，屋里的男人突然扑向地上的手枪，麒一扣动了扳机，一声巨响之后，男人右膝被枪打穿，倒在地上。

"刚才什么声音？"山田次郎问。

"和你无关。"麒一回答。

6

阿宣拿着装有 M24A2 的来复枪盒，麒一则从里屋搜出四盒三〇八子弹，又夺走了那猥琐男和老太婆的两把自动手枪，两人离开了那座又旧又脏的小楼。虽然麒一对这一次的遭遇颇为恼怒，但他们毕竟不是强盗，所以还是按照约定留下了六百万。当他们回到车上时，猿川的手机发出了短信提示音。

是照片彩信。照片上的多多子，嘴巴被胶带蒙住，眼中满是恐惧。麒一看到她的表情，心痛得要死，气息也粗重起来。阿宣看了眼照片，不由得吼了起来："到底怎么回事？那两个警察应该不是假的啊！"

"有钱能使鬼推磨，仅此而已。"

麒一说。

警察按照正式搜查程序要求多多子提供口供，讯问结束后通知了山田次郎，仅此而已。

多多子在离开警署时是自由的，接下来的事情也就与警察们无关了。如果举手之劳就能有大笔入账，何乐而不为呢。

猿川的手机响了，这次是来电提示音。

“照片看了？”山田次郎问。

“要是敢对她做什么，我不会饶了你们！”麒一咆哮着。

山田次郎冷笑：“这我可不能保证哦！”

“马上放人！钱，我不要了！你放人，我马上告诉你尸体在哪里。”

“喂，你是不是没搞清状况啊？”

“状况？我们手上的牌是平级的。难道你们不要尸体了？那可是上百亿哦！”

“喂，在你搞清状况，乖乖低头之前，我准备每隔五分钟把这女人的手指切下来一根，怎么样？”

“……”

“小子，你现在在哪里？可别告诉我在琦玉县川越这种地方。”

“我在新宿。”

“好，你先开车兜个风吧。首先上首都高速内环，记得加满油。”

电话挂了。麒一和阿宣找了个加油站，给锐志和宝马都加满了油，然后上了首都高速。可是，他们开了很久，也没等到山田的电话，只好继续无目的地行驶。

在首都高速内环上足足绕了两圈之后终于等来了电话。

“上三号涩谷线，开到用贺。”

山田次郎简单地交代之后立刻挂了电话。麒一想：用贺？莫非想让我们上东名高速？还是打算让我们在用贺下高速，走环八高速？

恐怕是东名了。麒一认为山田次郎在小心翼翼地防备警察。如果麒一为了多多子不再指望拿到钱，而是径直报警的话，警察很快就会以绑架监禁的罪名逮捕山田次郎。事实上，麒一也的确有此打算，认为这条路最为保险。他觉得只要能尽快救出多多子，即使自己被捕入狱也不要紧。

但是……

即使向警察求助，也不能保证多多子的安全啊！

山田次郎狡诈多端，不会那么容易搞定！

报警的话，山田次郎会不会突然人间蒸发？

然后，多多子的尸体会在什么穷乡僻壤出现呢？麒一不住地担心着。

或许，山田让麒一不停地在首都高速上兜圈子，也是为了确认是否有警察尾随。他打算让麒一上东名高速，也是为了诱导他们前往警视厅管辖范围以外的神奈川县吧！

正如麒一判断的那样，在经过三轩茶屋之后，山田来电吩咐：“上东名高速。”

麒一把猿川的手机放在脚下，用自己的手机给跟随在后面的阿宣打电话：“他还是叫我们上东名高速。他们应该离这儿不远了，你在后面帮我注意一下，是否有车尾随？”

“刚才我就注意到有辆风雅的动静比较奇怪。但那辆车里只有一名驾驶员，副驾驶和后座都没人。”

“好，盯住它。”

“明白。”

经过用贺收费站后，就是东名高速了。麒一穿过世田谷区，越过多摩川桥，进入神奈川县川崎市。他们打算在哪儿交涉呢？难道会让我在东名川崎出口下高速么？

继续开过东京收费站，经过了东名川崎出口，却一直没等到电话。到底要我开到什么时候！麒一心中焦躁，越来越担心多多子的安危。他太阳穴开始作痛，甚至感到恶心。

当他穿过川崎市，进入横滨时，天已薄暮。手机终于响了。

“你到港北停车场去。”

电话就这么挂了。麒一赶紧给阿宣打电话：“去港北停车场。白色风雅还在跟着我么？”

“是啊，刚才那车的驾驶员用手机打了个电话。”

阿宣回答。麒一心中有数了。

“你别靠那辆风雅太近，驾驶员就是山田次郎。”

“明白。停车场视野不错，我能一枪爆头！”

“不，别开枪。我不能让你变成杀人犯。”

“你想快点救出多多子小姐吧？请相信我的枪法，我能指哪打哪！”

电话挂了。山田次郎生怕在视野不佳的地方被麒一反摆一道，所以特意选了宽敞的停车场。幸亏他的小心谨慎，给了阿宣使用来复枪的好机会。

M24A2 最大有效射程是一千码，也就是九百米左右。阿宣说过，虽然他没有受过专业狙击手训练，但二百米以内可以准确射中十厘米直径的小圆圈。M24A2 是一种性能卓越的来复枪。

港北停车场入口的标示越来越近。麒一逐渐减速，慢慢滑入侧道，此时猿川的手机又响了。

“有辆黑色宝马一直跟在后面，你叫他开走，不要进停车场。”

“啊？”

麒一心中一颤。

“如果宝马敢进来，我就把那女人的手指切下来。”

“什么啊？我不明白你啥意思！”

电话挂了。麒一叹了口气，用自己的手机给阿宣拨了个电话：“你别进来了，直接开走。”

“啊？为什么啊！”

“那家伙发现你了。他说要切掉多多子的手指。”

阿宣哑口无言。

“多谢你帮忙，任务解除。解散！”

麒一挂掉电话，开车进入港北停车场。虽说并非周末，但车子倒不少，大型车专用停车位上有半数是大卡车。

“开进去，到最里面那幢楼旁边停下。”

麒一依言而行。他在最里面找了个位置停好车，立刻打开门锁，下了车。他打开车后门，在座椅和靠背之间塞进一把抢来的自动手枪。然后关好门，来到后备箱前，将另一把自动手枪放进去之后锁好了后备箱。他回头看着入口处，此时猿川的手机响起，可麒一并未在车流中看到风雅的身影。

“下车，走到大楼入口旁边来，手机别挂。”

麒一举着手机贴近耳朵，走了出来。右手是空着的，但恐怕这次他无法使用插在裤腰上的那把左轮枪了——在确认多多子的情况之前，他不敢伤害山田次郎。而对方很可能并未带多多子来。等他能确认多多子的安全之时，可能已失去攻击对方的先机。

不过，他并未感到绝望——因为，在看到杉野清治的尸体之前，山田次郎也不敢杀他！

很快，他就在一辆蓝色面包车后面发现了白色轿车的身影，这辆车停在小型车专用位置入口处，山田次郎就站在车旁。

“嗯，挂了电话，然后把双手放到脑袋后面。”

麒一乖乖照做。他把猿川的手机放进裤兜之后，看到山田次郎对自己招了招手。麒一慢慢地走了过去。山田次郎走到副驾一侧的后门边，从打开的车窗伸手进去，麒一也已走到他对面，从另一侧的车窗看着车厢里面。

多多子的脸的下半部被胶带缠得很严实，躺在后座上。她无精打采地闭着眼睛。山田次郎正用一把左轮枪对准她的耳部，而且，那把枪很明显已经打开了扳机。如果山田次郎受到攻击，那么下一秒，多多子的太阳穴就会开个窟窿。

“你带着枪吧？用左手把枪轻轻捏出来，放到车顶上去。”

山田命令道。麒一只能照做。他刚把左轮枪放到车顶，山田就迅速地抢了过去。

“现在你坐到驾驶座上去。”

麒一打开车门，钻进驾驶室，却发现车上并未插着钥匙，只找到一副手铐，手铐的一个环挂在方向盘上。

“铐上你的右手。”

麒一以前曾被相同型号的手铐铐住过，这次也算熟练工了。他把右手穿过手铐环，被绑架时的痛苦回忆顿时鲜明起来。麒一的右手和方向盘被手铐牢牢铐在了一起。山田次郎凑过来，仔细地搜了身，他把麒一的口袋翻了个底朝天，然后将打火机和香烟还了回来，其他东西全拿走了。

“尸体在哪儿？”

山田次郎坐到后座上，悠闲地问道。他伸手揪起多多子，麒一瞟了一眼正中的后视镜，发现多多子面带绝望地看着自己。麒一非常后悔自己令多多子也被卷入这次的事件中来，他暗自下定决心：不惜一切代价也要保她周全！

“喂，问你话呢！尸体在哪儿？”

“我可没随身带着！”麒一回答，“告诉你实话吧！尸体被我重新埋到千叶那座山里去了！”

“哼，我就知道你小子会这么干！”

山田次郎似乎毫不吃惊，他继续冷笑着说：“既然如此，那现在你就再去把它挖出来吧！”

麒一也毫不意外：“我就知道你会这么说！”

7

斋藤宣大在超车道上将油门踩到底，他可不能容忍自己轻易脱离战斗前线。

经过港北停车场后，他匆匆赶往下一出口。他知道经由一条人行马路可徒步进入港北停车场，别无选择了。来复枪这次派不上用场——他不可能抱着一米多长的巨大枪械徒步行走，虽然这把M24A2来之不易，但只能放弃了。

不过，他身上那件属于伊斯兰政府军的外套口袋里，还有一把麒一给他的不锈钢左轮枪，似乎是史密斯M10三英寸版的仿品，枪柄厚实，品质似乎也还可靠。

敌手只有山田次郎一人而已。有把枪，外加六发38特制子弹，一定能救出麒一和多多子的！阿宣充满自信地鼓励自己。

他并未受过专业搏击训练，因为陆上自卫队要培养的并非战士，而是技术型军事骨干。阿宣在少年工科学校结束前期教育后，转入武器学校接受中期培训，学习了各种武器的结构及运用操作技能，后期的部队实习主项也是武器使用。

因此，阿宣对于小型枪械颇有心得。不过，他既没有真正开枪打过人，更没有杀过人。

士兵开枪，并非为了杀人，而是为了令敌人失去反抗能力。阿宣接受过专业训练，知道朝哪里开枪可以立刻解除对方的战斗力，不过，随之而来的很可能就是敌人的死亡。

阿宣从未想过开枪之时会有任何犹豫，虽说从未杀过人，但对此却有着充分的自信。或许，这是受了麒一的影响吧。

在横滨町田出口下了东名高速后，阿宣把宝马停靠在路肩，设置导航仪为：经由国道前往港北停车场，然后跟着导航重新出发！

当阿宣从港北停车场后方的一条小路钻出来时，四周已暮色苍茫，他立刻停下车，跑到铁丝网旁边，隔网看着对面的停车场。观光巴士遮挡了他的视线，看不清里面的情形，阿宣翻过铁丝网，进入停车场里，他握紧了口袋里的左轮枪，飞快地钻入大车之间，最后从小型车停靠处的后方钻了出来。

阿宣猫着腰观察着车队，终于发现了一辆白色风雅，他继续猫着腰慢慢接近那辆车，却发现汽车驾驶座上空无一人。站起身来仔细查看，车里的确没人。阿宣环顾四周，边跑边寻找麒一的锐志，他从停车场东边跑到西边，仔细地扫视了所有停车位，可是哪儿都没有银色锐志的影子。

阿宣心里发出了绝望的呐喊！他狠狠咬着牙，泪流满面。对于自己的无能为力，他满腔怒火，却无计可施。

8

"你小子，还算个狠角啊。"滨田司朗心情不错。

锐志的后备箱里还放着上次用过的铲子等工具，另外，装有毛巾、绳子和手套的手提袋也在其中。滨田司朗没有选择自己开来的风雅，而是让麒一直接开锐志去千叶山中。

"你这两把自动手枪，从哪儿买的？"

麒一藏在锐志里面的两把手枪自然被滨田司朗给发现了。滨田的确是个老谋深算、谨慎小心的家伙。麒一并不打算做无谓的反抗，只能走一步算一步了。

“我有自己的渠道。”麒一轻描淡写，然后提出要求，“对了，你把她嘴巴上的胶带解掉吧。放心好了，这种情况下，她怎么敢叫啊。”

“嗯，倒也是。”

滨田司朗伸手揭掉了多多子脸上的胶带。麒一的右手被铐在方向盘上，却依然自如地驾车从横滨町田出口下了东名高速，转往十六号国道。

“好痛好痛好痛！”多多子一迭声地说，然后又加了一句，“你不会轻点儿吗？头发都粘住了，扯掉头发很痛的！”

“喂，你觉得你有资格指挥我吗？”滨田司朗不客气地回敬。

“那你给我打开手铐，我自己来揭胶带。”

滨田司朗想了想，答道：“开手铐可以，你可别自找苦吃，我不会因为你是个女的就手下留情的。”

他粗鲁地给多多子打开手铐，麒一用左手取出打火机和香烟递给她：“压压惊吧。”

“多谢！”多多子点上火，然后把烟盒和打火机还给麒一。

麒一也抽上了烟，他从后视镜里看到多多子正在一边抽烟，一边轻轻地把粘住头发的胶带剥下来。

滨田司朗问他：“那个开宝马，跟在你后面的家伙是谁啊？”

“传说中的人民英雄。”

“啊？什么玩意儿。那人是你同伙吧？”

麒一冷冷答道：“我没义务回答你。”

“你小子，从一开始就没打算把尸体还给我们。那你本来准备怎么从我这儿搞到那五亿？”

“我准备让你们吓破胆，把钱留下自己逃走。”

麒一唇角露出一丝微笑——真遗憾，没能按计划把他们骗到人迹罕至的所泽山中。如果在那里遭到神枪手阿宣的伏击，这帮家伙肯定吓得屁滚尿流，哈哈！多多子也露出了微笑，或许她想起昨天晚上三人商定计划时那热闹而有趣的情景吧。

“你俩笑什么？知不知道自己现在的处境！”滨田司朗恼羞成怒，“对了，这是你女朋友吧？看来你一直躲在她家，不过为什么你手机里没存她的电话号码？”

“你最好别盘问我的隐私。”麒一冷冷地回答。

滨田司朗有点急眼了：“你小子，还敢这么一副高高在上的架势？要是你现在还搞不清状况，我可不介意狠狠教训你一顿，帮你长长记性！”

“无所谓！我现在也不用巴结你，因为无论如何，你都会杀了我，对么？”

“啊，没错。让你活下去，对我没有任何好处。”

“喂喂，你似乎应该说：‘如果老实交出尸体，我会饶你一命。’吧？怎么能一点希望都不给我留？”

“你的命，我要定了。”

“你都说了要杀我，我干嘛还带你去埋尸体的地方啊？跟上次那个地方不一样的哦！”

“你会乖乖带路的。”

“为什么？凭什么这么自信？”

“乖乖带路，这女人就能活下去。”

“……”

“怎么样？公平吧？”

滨田司朗得意洋洋，面带胜利在望的微笑。

“嗯，公平。”麒一回答。

“你相信这种人？”多多子问他，声音里混杂着一丝恐惧。

“现在只能相信他了。”麒一嘴上这么说，心里却对滨田司朗的承诺嗤之以鼻，可是他眼下的确一筹莫展。

“老子一向言而有信！”滨田司朗狞笑着回答。

车内重新陷入了寂静。锐志车穿过横滨和川崎市，进入沿海高速。

麒一并未绝望。他在鸭川条田综合医院抢了两把左轮枪，一把用手提袋拎回了东京，另一把却留在了千叶——为以防万一，特意埋在了尸体旁边！

他暗想：滨田司朗，你就笑吧，看谁能笑到最后！

9

麒一闷声不响地挖着土。这次他埋尸的地点比原来偏了一公里左右，仍然是在路边的斜坡上。他戴着头灯，挥汗如雨，斜坡上的洞越来越深。

滨田司朗站在多多子身后，右手握着枪，左手手腕绕着绳子，而绳子另一端拴在多多子腰上。

头顶的月亮近乎圆形，但树林中除了月光和头灯微弱的亮光，就是一片黑暗。麒一除了拼命挖洞，别无选择。滨田司朗胸有成竹地想：这小子虽然狡猾，但现在他女人在我手上，如果他又企图袭击我，或是沿着斜坡逃跑，那这女人就没命了。所以他这次即使抱着鱼死网破的决心，也无计可施！

滨田司朗得意洋洋地躲在多多子身后，知道麒一无法像上次那样用铁锹袭击自己。而且按照他对麒一的了解，对方绝不是个会扔下同伴逃之夭夭的人。呵呵，这也可以说是你石川麒一的弱点吧！

麒一用力把铁锹杵在地上，停下来休息。他气喘吁吁，活动着酸痛的左肩，又摘下脖子上的毛巾擦汗。

“你昨天才撞了我，今天就逼我来挖洞！真做得出！”麒一不满地吼着。

滨田司朗暗想，这小子还挺精神的，或许他还想着要逃出生天？看来我还不能麻痹大意。毕竟他手段狠辣，我也算是领教过的！

麒一又抄起了铁锹，继续挖洞。多多子一声不吭，沉默地看着他。滨田司朗心想：这女人又在想些什么呢？她希望我兑现承诺，杀了麒一之后放过她？还是已经猜想到自己也会没命？又或者还指望着有啥能令她活命的奇迹发生？嘿嘿，这一次我绝不会大意的！也绝不会手下留情！现在又不是放电影或是看电视剧，在最绝望的时候，电影上总会出现个警察或是超能英雄来拯救危在旦夕的人，可现在，不可能！女人虽然可怜，不过这是她的命，没有办法！

在麒一的头灯射出的白光之下，似乎有蓝色的东西闪了一下，麒一毫无反应地继续挖掘着，但滨田司朗立刻敏锐地意识到：那是裹尸体的塑料膜！

“等等！”

随着滨田司朗的叫声，麒一停下了手。

“你把铁锹放下，退后！”

麒一回头看着他，此时的洞口失去了头灯的照明，里面漆黑一团。

“你干吗？现在尸体还没挖出来呢！”

“我已经确认尸体就在这儿，足够了。你退后！”滨田司朗用枪指着麒一说："你辛苦了，就此永别吧，哈哈！"

麒一把铁锹当拐杖拄着，杵在那儿不动。

"杀我之前，先把她放了。你可答应过的！"

滨田司朗狞笑："很遗憾，生来第一次，我不准备信守承诺，呵呵。因为让你一个人死，未免太寂寞了。"

他的枪口转向了多多子的后脑勺。女人发出微弱的呻吟。

"哼，我就知道会这样！哈哈哈哈！"

麒一突然大笑起来，而且声音越来越大，肆无忌惮。

"要杀就杀吧！然后你准会后悔得想死！"

石川笑得跪倒在地，滨田司朗几乎以为他发疯了。

"这儿的确埋了具尸体，不过，你不想先看看是谁的尸体么？"

说完，石川又大笑起来。虽然滨田司朗不知道他笑什么，但却产生了不祥的预感。

"如果埋在这里的是猿川呢？"

"！"

滨田司朗浑身一颤——难道他说的是真的？

"要是你慌慌张张把这具尸体送到扎扎伊去，奥卡斯总统会怎么说呢？"

石川还在大笑，滨田司朗大吼："少废话！"

他用手枪指着石川。对方却更嚣张了，一边用力捶着胸膛，一边叫着："想杀就杀吧！你的一百亿可就化为泡影了！"

“行了！你给我继续挖！”

石川咆哮起来：“少做梦了！是你先不守诺言，老子干嘛还要听你的？自己挖去吧！去跟塑料膜裹着的猿川对话去吧！”

滨田一下子懵了。他觉得有百分之九十的可能是石川在故弄玄虚，但万一,万一那百分之十成真了呢？

“如果你不照我说的做，我就把这女人的耳朵割下来。”

滨田按捺下不安，平静地威胁石川。

“蠢货，如果你敢这么做，就永远也找不到那具尸体了！”石川不为所动。

接着，他说：“行了，你也别犹豫了，我给你看个证据，证明这里埋的是猿川。”

证据？什么证据？

“他死之前，求我跟他的尸体一起埋掉的东西。”

石川把手伸进了塑料包裹的捆扎口。

滨田大叫：“停！不许动！两手举起来！”

石川却不理睬他，慢慢从塑料包裹中取出了什么东西。滨田并没有开枪，他在找到尸体之前，是无论如何也不敢杀掉石川的。

“就是这个。”

石川右手举着白色毛巾包裹的东西，慢慢靠近滨田。

“你看了就明白了。”

打火机的光亮很耀眼，滨田看不清石川的脸，但他手中的左轮枪却准确地顶在石川的胸膛上。

“究竟是什么？！”

猿川希望跟他的尸体一起埋葬的，究竟会是什么呢？

“他用过的厨刀和冰叉。”

“！”

滨田知道这两样东西。它们是猿川最宝贝的工具。石川这小子难道真的杀了猿川？滨田不由得向前走了一步：“给我看！”

他粗暴地打算从石川手中抢走毛巾包裹，就在那时，石川突然开火了！子弹贯穿了滨田的腰部。他再也站不直，倒在了斜坡上。骨盆肯定已经粉碎性骨折，上身也无法直立，右手握着的手枪也被石川踢飞了。滨田放弃了反抗。石川沉默地俯视着他，却看不清他的表情。

滨田本以为石川会很快杀了自己，并顺便埋在山里，但石川却没杀他，而是将他搬到了锐志的后座上。

石川把多多子腰上拴的绳子解下来，从滨田腋下穿过，然后把他从斜坡拖了上去，最后终于塞进了后座。多多子默不作声地协助着他，但她完全不明白石川的意图。

滨田双手铐上了手铐，腰部剧痛，石川给他的伤口捂上毛巾，然后发动了汽车。

“去哪里？”滨田问道。

“我会在条田综合医院的停车场放你下车，然后你用自己的手机呼救吧。”

石川回答。副驾驶座上的多多子默然吸着烟。

“为什么不杀我？”

滨田觉得很奇怪，石川没有理由放过自己。

“嗯，这个嘛。”

“我有好几次都差点杀了你，你干嘛还救我？”

石川长叹一声，答道：“你们可能永远不会明白，杀人，从来都不是什么好事情！所以，我除非万不得已，是不会杀人的。”

“……”

“对付你，我还没到万不得已的时候。”

石川回答。

滨田此时此刻，才真正意识到自己的惨败：“不过，你放了我，我以后还会追杀你的！”

“我不怕，到时候再一决胜负好了！”

“不杀了我，你会后悔的。”

“有本事就让我后悔吧。”

石川笑了。滨田也笑了。

“你究竟把猿川怎样了？”

滨田对此事一直耿耿于怀。

“他么，现在可能过得不错吧，当时是跟我笑眯眯地握手道别的嘛。”

石川轻松地回答。滨田笑了。不知为何，他的心情突然好了很多。似乎猿川的平安无事，比自己与石川的胜负更为重要。

当滨田从麻醉中苏醒时，他发现自己身处医院病房中，墙边的衣架上挂着自己的衣服，包括特别定制的那件防弹背心。滨田看着它，苦笑了起来。

滨田不愧是老谋深算之人，他特意穿了防弹背心，如果石川当时瞄准他的胸部或腹部射击，滨田可就胜券在握了。但是，石川为了留他一命，射击时特意避开了内脏，结果导致滨田此时的卧床不起。真是人算不如天算！滨田一直面带微笑地回想着当时的情景。

滨田的手机中已经积满了北大路发来的短信，他给对方打了个电话。

“你到底在干嘛？尸体呢？尸体哪儿去了？”

北大路的声音接近于惨叫，他肯定被扎扎伊那边逼得很紧。

“尸体不会回来了。永远回不来了。”滨田回答。

北大路这次真的惨叫起来：“他们的特种部队可要来了喔！！”

然后他挂掉了电话。北大路身边有五亿现金，估计他得马上去做携款逃跑的准备了，滨田对他来说已经没有了利用价值。

下午，千叶警署的两位警察来录滨田的口供。

“谁开枪打了你？”

警察特有的冷漠口气。滨田沉默不语，无视对方所有的问题。

“喂，要不是看在你受重伤的分儿上，早就揍你了哦！你可别小看了咱们警察！”

说是说得恶狠狠，但他们也拿滨田没法儿，就这么回去了。不过，接下来还会来好几次吧。那就请他们做好继续被我滨田完全无视的准备吧，哈哈。

滨田并不知道接下来自己应该怎么办，能够怎么办。反正眼下还不能动弹，有足够的考虑时间，那就不着急，慢慢想吧！

10

多多子正在挖坑。她脱掉了碍事的凉鞋，光着脚挥舞着铁铲。不过她每次挖出的土，和麒一相比简直可以忽略不计。

他们挖洞的地点，距离原来的埋尸地有十五分钟车程，更靠近密林深处。俩人打算把裹着尸体的塑料包重新换个地点埋掉。麒一本来说自己一个人干就行了，但多多子看到他肩膀和腿上都有伤，实在不愿意让他独自辛苦，而且她也不希望麒一认为自己是个没用的弱女子，所以也拼了命地帮忙。这一天发生的事，不时浮现在她的脑海中——刚离开武藏野警署，她就立刻被山田次郎给逮住了，对方拿枪抵着她的后脑勺，在她耳边低语：“要不要我给你后脑上也开个瓢？”她一声也不敢吭，被山田次郎给塞进了车里。

手被铐上，嘴巴被胶带封住，心中充满了绝望和恐惧，她一直在无声地叫着：“麒一，救命！麒一，救命！”

然后，她被带到一处地下车库，当她目睹了山田次郎开枪杀人，对自己能够生还已经丧失了信心——因为，即使是麒一，也不可能对付得了杀人不眨眼的恶魔呀！

但是，当她在另一处停车场看到麒一时，心中却没来由地感到安定。即使麒一被缴获了武器，右手也被铐在了方向盘上，他的表情却依然镇定，声音很沉着，仿佛仍然胸有成竹。

多多子明白，麒一并不是被山田次郎抓住的，而是为了救自己主动上钩的。

趁着山田次郎去别的车上找武器的当儿，麒一忽然回头对她说：“现在可能你没这个心思，不过我想问问看，如果我们俩都能安全生还，你愿意做我女朋友吗？”

她大吃一惊。简直不敢相信自己的耳朵。戴着手铐的麒一，对着一个脸上缠了几层胶带的女人，提出了交往的要求。他似乎认为俩人肯定都能活下去。多多子打心眼里感叹：这真是个不可思议的男孩子啊。

多多子打定主意要陪伴麒一到胜负分晓的最后一刻。她并不确定谁会是最终胜利者，但她确定自己一定要把麒一决战到底的言行深深镌刻在心底。

当山田次郎倒地不起时，她一开始不知道发生了什么，但却并不惊愕，只是淡然地意识到：这一刻终于来了。

他们在医院门口放下山田次郎，等看到医护人员拿着担架奔出来，就立刻开车离开了那里。麒一马上开始打电话：“阿宣？哭什么哭！我没事，多多子也没事！不用不用，这么远，你不用过来了。别哭了，赶紧去睡觉。”

挂了电话，两人又重返山中，挖出了塑料包，用绳子将尸体拖回车里，然后开进密林深处，重新选了个地方埋尸。

“我说，这样深还不够么？应该可以了吧。”多多子停下来擦着汗，看起来已经筋疲力尽。

“不，还不够。这次一定要埋得够深，因为我不打算再把他挖出来了，就让他入土为安吧。这也是我跟烟杂店老婆婆和她孙女的承诺呀。”

麒一继续挥舞着铁锹，多多子问他：“是因为山田次郎知道了刚才那个地方，所以你特意换地方埋尸吗？”

“是啊。”

“那你干嘛不干脆杀了那老家伙？”

“我也正想问自己呢！”

两人停下手，对望着，然后同时笑了起来。

多多子边笑边想：这男孩子还真有趣！

尾声

姐姐真漂亮！莉绪从没见过这么漂亮的姐姐，那件美丽的婚纱衬托着她肩部美妙的线条，不愧是为了婚礼而瘦身三个月呀，果然效果惊人。

莉绪手里拿着香槟，看向主宾席。

姐姐美里站在斯文的新郎身边，面带微笑看着她，莉绪对姐姐的幸福也感同身受。

莉绪心想：姐姐能有今天的幸福，全是拜麒一所赐啊。当时那帮可怕的黑社会来找爸爸，她把麒一的名片交给了他们，从那以后，跟麒一再也没能联系上，莉绪一直惴惴不安。

一周之后，麒一终于给她打来电话，说自己入住了三鹰的日赤医院。莉绪去探望他，在病房里看到一位和自己年龄相仿的迷彩服少年，以及一位模特般标致的美女。麒一告诉她左肩做了手术：“可能这次我稍微有点超限了。”

他脸上全是淤伤，头部也有新伤，莉绪再三追问，麒一却只是微笑不语。

莉绪给新郎的杯子里注入香槟酒。

“谢谢你啊，莉绪。”新郎已经喝得面红耳赤。

接着，莉绪给姐姐美里的杯子里倒酒。

“我说，那个人是谁?”

美里凑到莉绪耳边轻声问。

她那戴着白色手套的细长手指，正指着亲属桌的一角。

“就是坐在奶奶身边的那位年轻人。”

那人正闷声不响地消灭着桌上丰盛的料理。

“他是拯救了我们全家的神。”

莉绪回答。